ROSEMARIE RAEUBER

BRIEF-TAGEBUCH

Dresden 2007

1. Auflage

Eigenverlag
(zugleich Bestelladresse)
Rosemarie Raeuber
Wilischblick 36 A
01728 Hänichen
Telefon/Fax: 0351 4042731/4
ros-raeuber@arcor.de

Druck: Druckerei Kirst, Dresden

ISBN 978-3-00-021533-9

Zum „70." meinem
lieben Mann Hans
in Herzlichkeit gewidmet,
dem ich auch
für seine
technisch-unterstützende
Leistung
danke.

FANGE NIEMALS AN
AUFZUHÖREN !
HÖRE NIEMALS AUF
ANZUFANGEN !

Cicero III

Meine Gedanken zur Einleitung

Es laufen Erinnerungen – Empfindungen in die Vergangenheit. Nehmen Platz an einem hölzernen langen Tisch ...
Delegiert!
Sitzend als einzig Weibliche, Vertreterin eines Werbeleiters, unbekannt vor zwölf spöttisch-erwartungsvollen Augenpaaren. Ein Häufchen Unsicherheit in einer fast hörbaren Stille.
Die Perlenkette – ein einzig sicherer Halt in den nervösen Fingern – wissend auch: „Du musst etwas sagen – dich vorstellen – oder ..."
Dann, plötzlich dieses leise Springende – Klimpernde im nüchtern großen Raume. –
Mein erschrockener Blick verlor sich an einem unerwartet leeren Tisch!
Im Abtauchen der Köpfe meine Fassungslosigkeit – dies Scharren der Suchenden – die triumphierenden Blicke dann von „Jägern und Sammlern" ...
Springende Perlen ließen in mir ein neues – unbekanntes „Bewusst-Sein" erwachsen.
Nach Jahren, eingebunden in Zeitebenen, für Reflexionen kaum Raum, kam eine verloren geglaubte Perle unerwartet wieder in mein vielschichtiges Dasein. –

Vor der Abreise in einen Kurzurlaub, morgens, auf dem Erdgeschossbalkon, ein blühendes kleines Sträußchen – ein Abrisszettel: „Sei, was du bist –
mehr nicht ist,
als dass du bist."
In mir nahm eine erneute Erkenntnis ihren Raum ein ...
Es entstanden erste „Brieftagebuch – Blätter", angefüllt mit emotionalen Befindlichkeiten für G.W. – für eine Selbstbefragung, und – verloren sich in einem mecklenburgischen, toten Briefkasten ...

Die Autorin versuchte, den jeweils wechselnden Rechtschreibempfehlungen zu folgen.

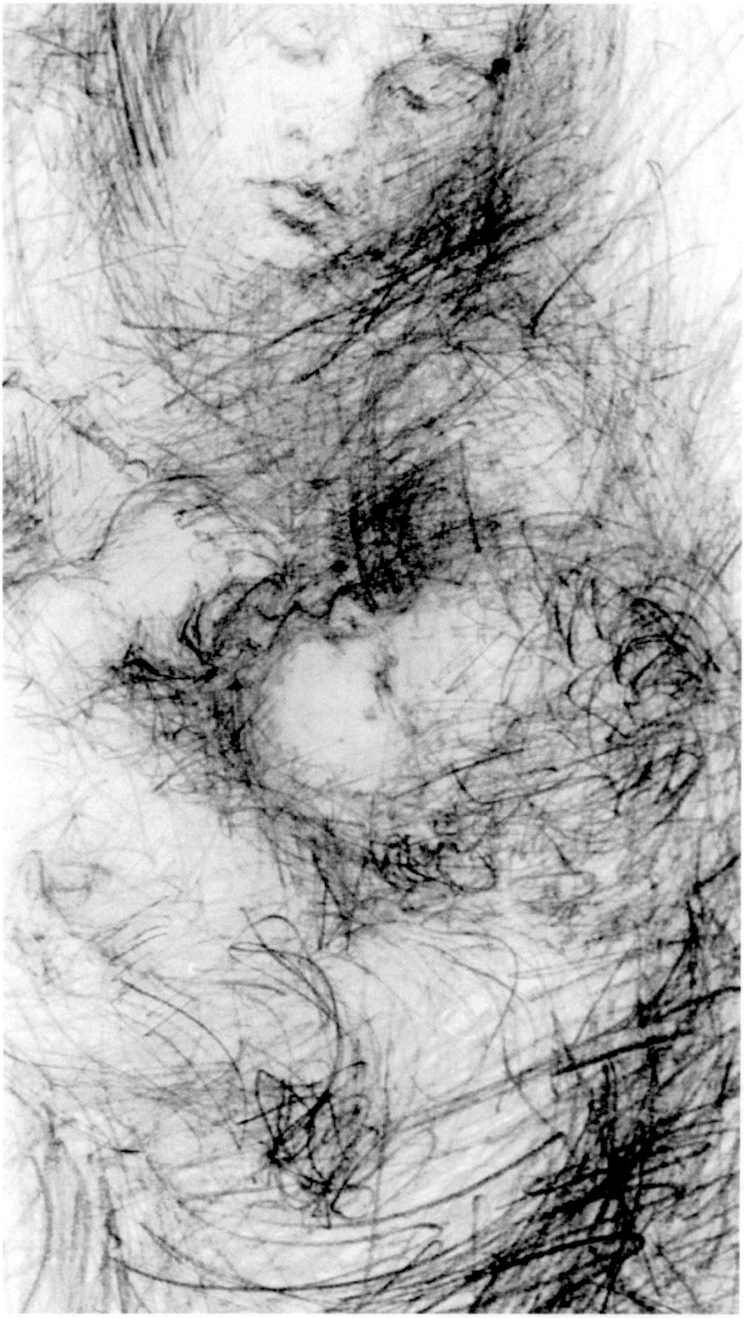

IM DENKEN AN MEINE TÖCHTER habe ich die „BRIEFTAGEBUCH-AUFZEICHNUNGEN" .... an den Anfang gesetzt:

29. 6. '06

Gedanken – Gefühle, meine liebe C., nahmen in mir Raum ein, als heute auf dem Heidefriedhof eine Mutter verabschiedet wurde.
Im Dabeisein, mein Töchterchen, überwältigte mich Erschütterung,
als J., als jüngste Tochter, vor ihren zwei Schwestern, den Familien und der Trauergemeinde mit einem schlicht-bewegten Lebenslauf (wie im Zwiegespräch mit Muttern) die Gedenkstunde ausfüllte. –
Als ihre Würdigung sich auf die schaffenden Jahre – auf ihre lebendige Offenheit und eine bleibende Sehnsucht nach kulturellen Erlebnissen bezog, entstanden in mir nochmals ihre letzten Wunschäußerungen in der Dresdner Wohnung.
Schon kämpfend mit eigenem Leiden – dem Schock, dass erst vor zwei Tagen ihr Mann der Erde übergeben wurde, formulierte sie bei der Übergabe meines Blümchens: „Sobald ich wieder etwas bei Kräften bin, möchte ich unbedingt Ihre Tharandter Ausstellung mit meiner Tochter besuchen. Wie kommen wir, ohne Auto, dahin?" Wir verwiesen auf die Zugverbindung!
In mir kroch wieder die übliche Bedrängnis hoch ... Dieses Gefühl, von außen ständig abgefordert zu sein – diese vielfältigen Erwartungshaltungen, die mich zu überfordern scheinen – das Spürbare, für andere immer da sein zu müssen!
„Fange endlich an, einen gesunden Egoismus zu entwickeln" - höre ich meine innere Stimme sagen.
Wir unterließen ein Fahrangebot!
Eine beinahe fröhliche Stimme – überraschend: „Sie wollte neben dem Beruf – dem Täglichen – so vieles. Sammelte geistvolle Sprüche, wollte Mut machen, gab viele Ratschläge auch uns Töchtern, hat es gut gemeint – oft zu gut, wie Mütter eben so sind. – Nicht nur für Kinder, auch für Puppen wurde genäht, gestrickt und gehäkelt. Leckereien gebacken nach gesammelten Rezepten, für den Kühlschrank portioniert – und dies werden wir uns heut schmecken lassen!"
Wir hatten in den Aachener Jahren und jetzt im Wieder-da-Sein nur kurze Blickkontakte mit den „J.-Eltern". Jetzt spricht das blumenumkränzte Bild einer Großmutter, mit „Klein Laura" auf dem Schoß, zu mir. Das Neugeborene nun endlich einmal erleben zu dürfen, hatte sich noch erfüllt.

Liebes C., im Nachhinein immer wieder die dringende Frage:
Wann geschieht vielleicht ein unverzeihlicher Fehler? – Was ist unsere Daseins-Aufgabe – was sollte im Leben bewegt werden – was bleibt?
Beglückt könnte ich die vielen Formulierungen zum „Leben" – zu den Erfahrungswelten eures Töchterchens und seines so jungen Daseins auf den Punkt bringen, zum Beispiel:
Am letzten Friedhofsbesuch, bei ihren Urgroßeltern, sagte sie mit ihrer Bestimmtheit:
„... und die Erde lebt!"
Fühle dich - im Hindenken – lieb gegrüßt und verabschiedet. Mutti/Fr.

PS: Eben kommt ein Ruf, den ich schon längere Zeit als mahnenden erwartete: „Hallo, Frau Raeuber" – tönt es von meinem Gegenüber – „wie verlief Ihre letzte Ausstellung?"
Für mich selbst unerwartet, versuche ich, meine momentane Gedanken- und Gefühlswelt in stolpernden Worten der Telefonmuschel anzuvertrauen ...
Dazwischen die Stimme wieder: „Ich habe Zettel vor mir liegen, um in Abständen immer mal die Künstler anzurufen – ich muss akquirieren! Kommen Sie doch mal auf eine Tasse ..."
Sehr würde ich mich freuen, Herr Verlagsleiter, wenn Sie einmal Zeit fänden – das Bedürfnis hätten, in meine Bildwelt einzutauchen – ich Sie zu einer „Tasse Kaffee" begrüßen könnte. –

......einen Brief an S. – im Ergänzen –
nochmals aufgenommen ... im August '06

Liebe S., meine Mutti sagte immer, wenn ich nicht aufhörte, sie mit Fragen zu löchern: „Dich hat der Esel im Galopp verloren."
Sicher war und blieb ich anstrengend für sie, wenn ich ihr keine Ruhe ließ. Was wollte ich erfahren – was wünschte ich zu erfahren? Mein Vater soll bei meiner Geburt gesagt haben: „Sieh dir dieses Luder an – unglaublich, wie sie schon mit wilden Augen in die Welt guckt, nicht zu fassen!"
Meine zwei kleineren Geschwister – die immer geduldige Mutter – waren sich im Wesen nahe, ich daneben glaubte, mich immer beweisen zu müssen.
Den großen Bruder nahm ich erst im späten „Flüchtlingsdasein" mit seinem Autoritätsgehabe wahr ...
Bei unseren lebensnotwendigen Unternehmungen als „Grenzgänger", als „Zucker-Salz-Schieber", waren wir wie zusammengekettet. Durch ein noch in Dunkel gehülltes Waldgebiet, von schussbereiten Posten bewacht, musste man sich vorsichtig bewegen ... Knackgeräusche der lagernden, dürren Zweige konnten zum Verhängnis werden! War es mir aber, der Siebenjährigen, den langen Bruderbeinen nachstolpernd, nicht vermeidbar, erwarteten mich erfahrungsgemäß harte Kopfnüsse.
Reflexionen!
Ich versprach sie dir, meine Tochter, zu einer Zeit unserer kritischen Phase! Eigentlich blieb in mir die Hoffnung weiterhin wach, dass mich irgendwann meine zwei Töchter auch nach meinem „Woher" – nach „Wer bist du?" fragen würden – mich löcherten ...
Unerwartet durch ein „Vater-Tochter C. -Gutschein-Geschenk" wurde eine ungewollte Konfrontation ausgelöst.
Verdrängungen von vierundfünfzig Jahren hatte ich zugelassen, jetzt musste mit dieser Reise in die Vergangenheit – zu den Wurzeln – ein Aufbrechen möglich werden.
Zu deinem 35. Geburtstag in schmerzlicher Entfernung, liebe S., versuchte ich eine Vorklärung - ein Gesamtbild zu entwerfen, um mir weiterhin bedrängende Befindlichkeiten der Kindheit abzuschreiben. –
Diese hektisch-skizzenhafte Niederschrift, vor der Reise, konnte aber keine Aufarbeitung sein und, mir ist bewusst, dass es ein „Unbewältigtes" bleiben wird.

Sollte es nach einer „erlebbaren Realität vor Ort" meinen Reisebericht geben, werden sich eventuell auf anderen Zeitebenen neue Blickrichtungen erschließen und nachvollziehbar werden. –

Brieftagebuch-Aufzeichnungen aus dem Zeitraum 1994 bis 2007

Herzogenrath zur Weihnachtszeit 1994
im Denken an Freunde

Meine Erlebnisse und Empfindungen, die ich mosaikartig mit Worten zu einem Schriftbild fügen möchte, sollen Euch aus meinem jetzigen Umfeld – aus meiner bisherigen Sprachlosigkeit – erreichen. Ich begegne Euch noch in einem „Schwebezustand" im Hiersein – im Ringen um ein „Da-Sein".
Mir sind schon „Jahresbriefe" als umfangreiche Reflexionen – als Berichte über Beruf, Erfolge, Familie, Krankheit und, und ... begegnet. Meine Hoffnung, dass Ihr mich auch auf diese Weise annehmt - mit mir ein Stück Weg geht ...

Meine bisherige Erfahrung, mit Stille gut umgehen zu können, muss ich hier neu lernen. Die mich umgebende absolute äußere Stille lässt meine innere Unruhe fühl- und sichtbar werden. Da gibt es Rufe – unüberhörbare, drängende – mein Wissen, dass sich ein noch junges, mir nahes Wesen aus dem Nest geworfen fühlt.
Da gibt es für mich auch eine reine Naturnähe, wo ein letzter Blätterfall hörbarer ist, als ein Flügelschlag im schon kahlen Geäst sein kann.
Da wird in mir bewegt dieses notwendige Herausnehmen – aus Vertrautheit, an den gerade im Wachsen befindlichen künstlerischen Aufgaben, aus dem positiv unruhigen Dasein.
Kinder, Enkel, Geschwister, Eltern und gute Freunde rufen in mir im Zurückbleibenmüssen viel schmerzhaft Selbsterlebtes wach.
Mein Hans setzte im steten Bemühen – im Machen und Vorbereiten – seinen Optimismus dagegen. Ließ mich wissen, dass ich willkommen bin, gebraucht werde, ermöglichte mir diese Naturnähe hier. Ein herber Modergeruch kündet von vertrauten Naturabläufen, von meiner Erlebniswelt im Arbeiten. Arbeiten!?
Im Begegnen des Wurmtals – im Hinabsteigen – liefen oft meine Blicke über sichtbar verkrallte Wurzelstränge – reptilienartige Baumstümpfe, Steinbrocken, überfällige Bahnschwellen, Entwurzeltes, Geschlagenes; schwarze Erdhänge werden im Überwachsen von Moos sanft der Natur wiedergegeben.
Alles hat seine Sprache – Wurzeln und Hoffnungen. Meine zaghaft ausgefahrenen Haarwurzeln sind im Wachsen! Diese Jahreszeit gebietet Verzicht – verlangt nach Geschütztsein, nach Wärme ...

In meinem ständigen Tätigsein, im Einkreisen des neuen Umfeldes, im Wahrnehmen und Werten der äußeren Abläufe – im offenen mich Stellen all' meinen inneren Anliegen – versuche ich, arbeitsmäßige und menschliche Kontakte zu schaffen ... und versuche mich ... wieder ... weiterhin in Geduld!

Wenn ich diesem schönen Naturschutzgebiet begegne, mich sein Wesen zum Erfassen auffordert – zu einer neuen Sehweise, dann wird mir zunehmend bewusst, warum ich die ersten Arbeiten im Einklang mit dem Schwingen der Elblandschaften, mit Porträtskizzen lieber Menschen in einen „Rahmen" fassen musste. –

Im täglich betrieblichen Tun – im Erzählen – wird von Hans diese Haltung für mich auch sichtbar gemacht. –

Daß ich rhythmisch in die altehrwürdige Kaiserstadt Aachen eintauche, habe ich unterdessen einem Internisten (der einen Ossi scheibchenweise sehen will) und vor allem meinem lieben Mann zu verdanken. Mit einer nie gekannten Absolutheit „packt er mich am Kragen", fordert er mir diesen Stadtgang einmal wöchentlich ab – und es hilft!

In unseren „Dom-Konzerten" wird es möglich, durch dargebotene Kammermusik mir wieder in Dresden zu begegnen, wo ich auch durch die gewaltigen Orgelklänge, die die hohe schwere Kuppel aufzubrechen drohen, ganz hier bin – und befähigt, mit einer „nahen Ferne" umzugehen.

„Nahe Ferne", diese kleine Kostbarkeit von Marianne Bruns, dieses Spätwerk, gerettet durch Frau H. B. (Hamburg), begleitet mich oft in meinem Mensch-Natur-Erleben. Bin in großer Dankbarkeit, dass ich dieser schlichten, großen Schriftstellerin noch begegnen durfte. –

In Gesprächen, in Nähe – im Lesen wurde mir bewusst gemacht, dass es möglich sein kann, eine Sensibilität, geistige Lebendigkeit im täglichen Wollen bis ins hohe Alter fortsetzen zu können.

Freunde, ich umarme Euch! Immer, wenn ich in das Wurmtal abtauche, empfinde ich eine feste Landschaftsumarmung. Durch ein sanftes, flächiges Grün, das durch einen bewaldeten Hang bedrängt wird, der wie ein großes, schweres Tier lagert, frisst sich buchstäblich wie ein Wurm – das Flüsschen. Im Zerklüfteten, aber Bewachsenen, werden noch Spuren vom früheren Kohlenabbau sichtbar.

Ihr Lieben, es ist so gut zu wissen, dass große Weiten – Entfernungen – nicht unüberwindbar sind. Es hat mir sehr geholfen, dass es hier schon möglich wurde, Hände zu drücken ... vertraute – noch unbekannte, schon nahe – hilfreiche! Da hatte auch in den zwei Jahren – im Alleingang – Hans seine Erfahrungen machen müssen. Sicher ist es ihm auch durch sein

eigenes Erleben mit den inneren und äußeren Abläufen möglich geworden, meine jetzige Situation nachzuvollziehen.
Im Rückblick der vier Monate des Hierseins, in dieser erdnahen neuen Heimstatt, weiß ich auch, dass vieles Vertraute – Mitgenommenes – hier in diesen klaren Räumen zum Schwingen kam – wärmt und erwärmt. –
Dies erhoffe ich auch so sehr für mein Töchting – der kleinen Freundin – und dass sie auch bald bei sich zu Hause sein kann.
Wir sind glücklich, zu den Weihnachtsfeiertagen – mit ihrem Dasein – uns als eine ganze Familie fühlen zu können.
Euch allen, liebe Freunde, wünsche ich mit meiner Fotomontage, meinen „Kalenderblättern", als Bildsprache ein gesundes, frohes Weihnachtsfest und einen guten Start ins neue Jahr 1995!

SEHNSUCHT

Neben sich stehen,
sich selber mitziehen,
sich die Angst vor sich selbst ausreden,
sich bei der eigenen Hand nehmen
und endlich das tun,
was das andere, das wahre Ich
immer wollte.

Es klingt wie ein einsamer Weg,
ohne Farben und Sonnenschein,
doch die Gedanken eines liebenden
Menschen
können Schmetterlinge sein.

C. R. 1997

Rosemarie Raeuber, „Selbstportrait", Farbstiftzeichnung

bei denen das Malerinnen-Auge schon Regie geführt hat. Diese Fotos werden in Teile zerlegt, scheinbar ohne Rücksicht auf ihren ursprünglichen Schauwert, werden zu Material für eine übergeordnete Bildidee. Fotofragmente fügen sich in einem intensiven Ordnungsprozeß zu immer neuen Gebilden, bis eine Fotocollage nach Komposition und Detail, nach Farbabstimmung und Akzenten, nach Licht- und Schattenverteilung genau das darstellt, was Anliegen war."

Die Künstlerin sieht die beiden Bildtafeln RAST und EINKEHR als Ruhepunkte in ihrer Ausstellung und zugleich als eine Art „Hommage auf das Ehepaar Ritter – in Einbeziehung der Gäste, die für sich erschließen, sich dem Anliegen öffnen können." Sie erinnert an das Wortspiel, das die Gäste auf der Einladung zur Vernissage neugierig machen sollte: „Sie brauchen ein paar Augenblicke Zeit, um einen Einblick zu nehmen" und hofft, daß sich die Besucher – im Sinne der Rasthausphilosophie – von ihren Bildern ansprechen, anregen und erfreuen lassen. Und natürlich gerne wiederkehren.

Dieter Göllner

Chancen in der EUREGIO

Gespräch mit der Künstlerin Rosemarie Raeuber

Wie beurteilen Sie die Initiative, Kunst in Autobahn-Raststätten zu zeigen?

Rosemarie Raeuber: Ich sehe darin eine interessante Herausforderung für den Künstler. Es ist eine weitere Möglichkeit, ein künstlerisches Anliegen auch einem durchreisenden Gast nahezubringen.

Hatten Sie in der Raststätte Begegnungen mit Gästen und Betrachtern der Kunstwerke?

R. R.: Es ergaben sich zunächst Blickkontakte mit aufmerksamen Besuchern. Dann begegnete ich ihnen vor meinen Bildtafeln und hatte viele gute Gespräche. Das Bemühen des Betrachters, sich mit meiner Bildersprache auseinanderzusetzen, ist für mich das beglückendste Erlebnis.

Wollten Sie mit dem Thema „Ökologie" eine spezielle Botschaft vermitteln?

R. R.: Mein Bemühen war es, in der Auseinandersetzung mit dem Thema „Ökologie – Die vier Lebenselemente" eigene künstlerische Zeichen zu setzen. Mein Wunsch wäre, daß sich der Besucher aus seinen tempobestimmten Autobahn-Augenblicken für Augenblicke meinem künstlerischen Anliegen zu nähern vermag. Wenn er dann nach seiner Rast wieder in den Autobahnfluß eintaucht, einer Nachdenklichkeit Raum geben kann, auf die Naturabläufe, auf das Große in den kleinen, leisen Dingen.

Sie haben in Ihrer künstlerischen Laufbahn viele Techniken angewandt. Diesmal wieder etwas Neues ...

R. R.: Für mich spielt es eine große Rolle, was ein Künstler zu sagen hat und wie er seine künstlerischen Mittel einsetzt. Ich bin ständig auf der Suche nach verdichteten Ausdrucksformen. Mit meiner momentanen Gestaltungsweise Fotocollage-Mischtechnik nähere ich mich einer malerischen Gesamtwirkung.

Welche Chancen geben Sie den jungen Künstlern in der EUREGIO?

R. R.: Ich glaube, junge Künstler haben vielfältige Chancen, sich in der EUREGIO zu präsentieren. Es gibt da einige Beispiele, wo Ideen – Orte – Kunstattraktionen und ähnliches angeboten werden, z. B. das Projekt „Volle Scheunen" im Dreiländereck Belgien – Deutschland – Luxemburg oder die Künstlergruppe „Eckpunkt", der ich angehöre, die gemeinsame Ausstellungsthemen erarbeitet und sich in Herzogenrath oder in Plerin (Frankreich) regelmäßig präsentiert.

Wie erleben Sie das Künstlerdasein in den neuen Bundesländern anläßlich Ihrer Ausstellungen?

R. R.: Aufgrund der weiterhin engen Verbindungen zu meiner ehemaligen Heimat Dresden sowie zu den vielen Künstlerfreunden glaube ich einschätzen zu können, daß sich die künstlerische Problematik – auch nach der Suche nach Förderern der Kunst – in den neuen und alten Bundesländern kaum unterscheidet. Anspruch auf künstlerisches Dasein, der Umgang mit den Mitteln, die künstlerische Botschaft, haben ihren Platz nicht nur im Ursprungsland.

(Mit der Künstlerin sprach D. Göllner)

Kontakt:
BAB-Raststätten Aachener Land-Süd
und Nord GmbH
Dr. Peter P. Ritter
52249 Eschweiler
Tel.: 0 24 03/ 87 71-10
Fax: 3 62 11

Kontakt:
Rosemarie Raeuber
Im Grünthal 20
52134 Herzogenrath
Tel. u. Fax: 0 24 07/9 60 22

„Metamorphosen“, Foto-Grafik '04

„Morgengang“

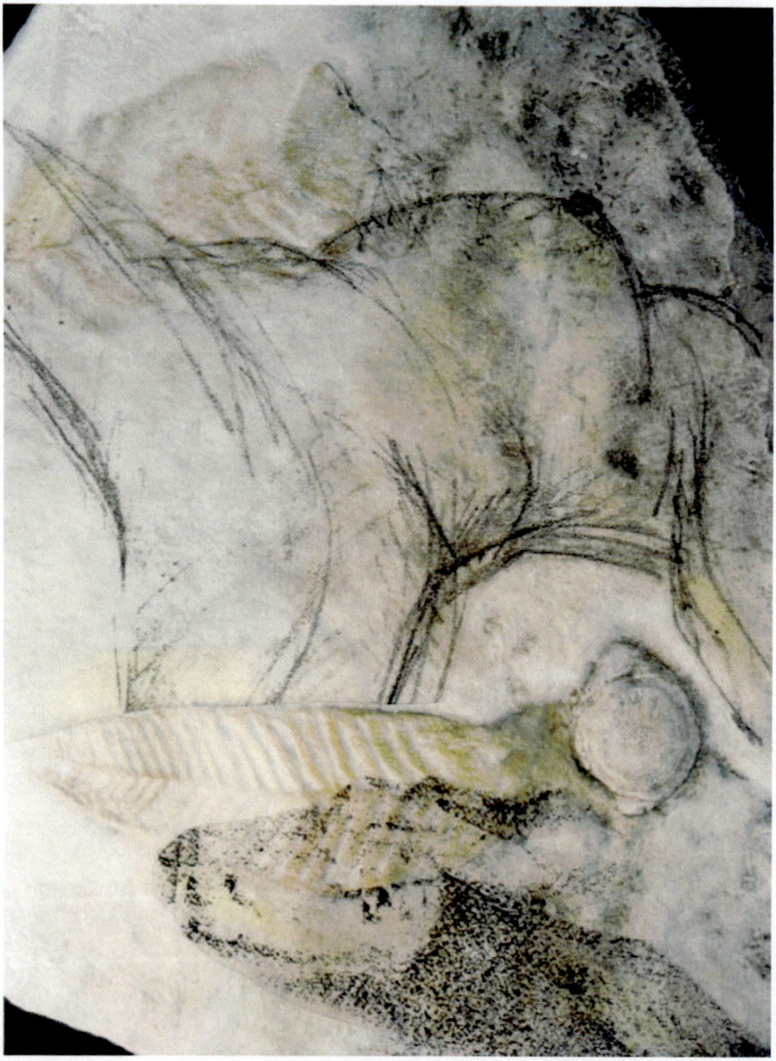

Frühjahr '98
AUSSTELLUNG:
GALERIE debitel – systemhaus AACHEN
Auszug aus der LAUDATIO einer Kunstwissenschaftlerin
Ein Titel – zwei unterschiedliche Aspekte, die sich uns also darbieten.
KÖRPERLANDSCHAFT –
Damit verbinden sich für mich vor allem Begriffe wie „Sinneseindruck", „Sinnesausdruck" – also „Sinnlichkeit".
Da sind zum einen die sensiblen Arbeiten von Frau Raeuber, die mit ihrer blassen Farbigkeit und Transparenz wie Bilder aus unseren Träumen anmuten. In ihnen begegnen sich – wie eben auch im Traum – Dinge aus unterschiedlichen Kontexten. In dieser Hinsicht, der Zusammenführung verschiedener Elemente der Dingwelt in eine neue Harmonie, stehen die Arbeiten von Frau Raeuber sicherlich in der Tradition des Surrealismus, dessen charakteristischer Techniken sie sich auch bedient: der Collage, der Frottage und verschiedener Mischtechniken. Besonders zu nennen ist der mystische und visionäre Charakter ihrer Bilder, der Frau Raeuber selbst als „den Zusammenfluß von momentanem Erleben und innerer Befindlichkeit" beschreibt. In ihren aktuellen Arbeiten zeigen sich fossile Abdrücke und Versteinerungen als Sinnbild persönlicher Spurensuche – eine Suche, welche sie selbst als „Psycho-Archäologie" versteht.

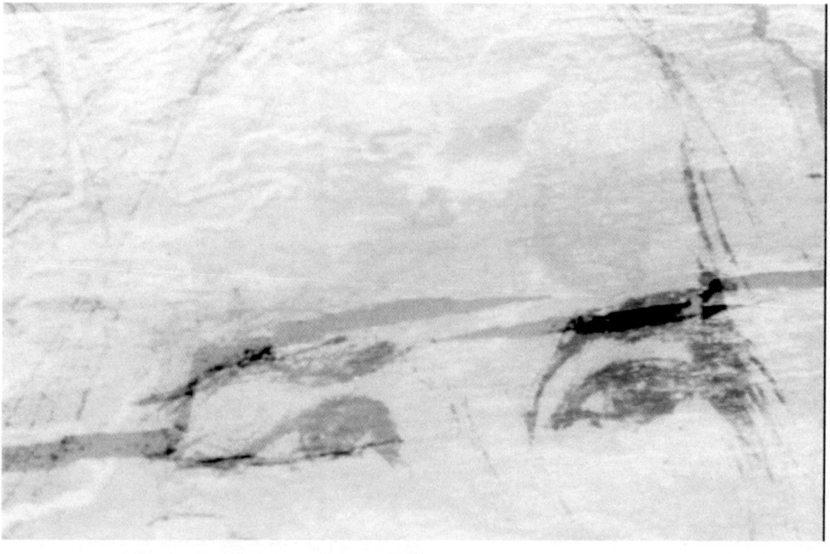

11.02.99 13:27 R+HJ RAEUBER 52134 H"RATH +49 2407 96022 S.01

11/02/99 12:42 [illegible] KIRGHIZSTAN BRUXELLES → 004924079602 NO.477 [illegible]

факс: (00-49-240) 796 022

Дорогая госпожа Розмари,

Позвольте искренне поблагодарить Вас за письмо, в котором Вы выразили свое отношение к моему творчеству и вспоминаете наши предыдущие встречи.

Я желаю Вам и Вашему Музею имени Рихарда Вагнера творческого процветания.

Спасибо за оригинальный календарь 1999 года.

Всего Вам доброго, передаю привет Вашему супругу.

С уважением,

Чингиз Айтматов

Брюссель, 11 февраля 1999 года.

Liebe Frau Rosemarie,

gestatten Sie mir, Ihnen innig für den Brief zu danken, in dem Sie Ihre Beziehung zu meinem Schaffen ausdrücken und an die gehabte Begegnung erinnern.

Ich wünsche Ihnen und dem Richard-Wagner-Museum schöpferisches Gedeihen.

Danke für den Original-Kalender für das Jahr 1999.

Ich wünsche Ihnen alles Gute und grüße auch Ihren Mann.

Hochachtungsvoll

Tschingis Aitmatow

Brüssel, den 11. Februar 1999

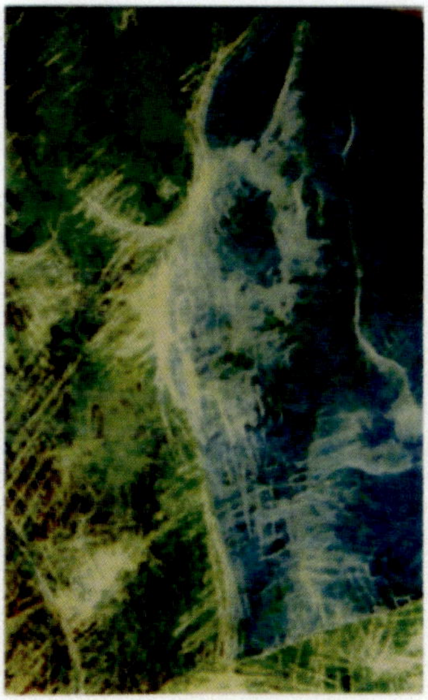

„DIE RICHTSTATT" nach Aitmatow

„Reisebericht"

3. Mai '99, 5.15 Uhr, Bahnhof Dresden-Neustadt

Welch eigenartig bedrängendes Gefühl mich einnahm am Morgen des Reiseantritts nach Polen/Schlesien, mit meinem H. Richtung Breslau.
Wir durchschritten in einer ungewöhnlichen Leere die Halle, um dann vom kalten Sog des Bahnsteiges aufgenommen zu werden. –
Allein! Fröstelnd. Unsicherheit breitete sich aus.... Zeit lief in Erwartung – plötzlich dieses Scheppern des Lautsprechers, unverständlich, dann erreichten das Ohr die Wortfetzen: „... bis 3 Stunden kein Zugverkehr ... angesagter Warnstreik!"
Diese enttäuschende Zeitverschiebung verlor sich auf dem Glanz der unbefahrenen Schienen – in die Helligkeit des frühen Morgens. –
Allmählich bereitete sich diese bedrückende Stille und die Kühle in mir aus – gab Raum den drängenden Erinnerungen von Kindheitserlebnissen.

...............................Frühjahr '45, abends, Bahnhof Dresden-Neustadt

„Flüchtlingszug", angefüllt - dichtgedrängt mit zerrütteten, hoffnungslosen Menschenmassen.
Das Bahnhofsgetöse durchdringt ein Rot-Kreuz-Lautsprecher: „Warme Getränke!"
Unsicherheit bereitet sich aus – schmerzliche Erfahrungen setzten Warnzeichen!
Zu oft das Zischen des anfahrenden Zuges, vermischt mit den Schreien der Verzweifelten in den Waggons um die Zurückgebliebenen, die dem Aufruf „Warme Getränke" gefolgt waren ...
Erneute Ansage: "Hauptbahnhof kann wegen Zerstörung nicht angefahren werden – Aufenthalt für längere Zeit! Weiterfahrt und Umleitung in Richtung Bahnhof Dresden-Plauen."
Ein Entströmen von Hoffnungsvollen in Richtung „Notversorgung"! ....

Im Jetzt, nach dreistündigem Warten – Erwarten, kriecht ein starkes Bedürfnis nach einem Heißgetränk – nach innerer Wärme – hoch. Erlebe ein momentanes Ausgefülltsein
im Dasein - in Dankbarkeit.

Eine Seite aus dem Brieftagebuch

...im Zug, am 16.02.1990

Liebe H.W. - leibes Erdweib!

Ihre R. bewegt sich per Bahn Richtung Frankfurt a. M. Bewegt sich einem fast unglaublichen Erlebnisbereich zu. Kollegen meines Mannes - Freunde - erwarten uns morgen mit Herzlichkeit in der Schweiz. Danach, liebes W.-Weib, wird es wieder mit uns eine gute Begegnung und viele Gespräche geben.

Wie mich's erregt, wie mich's bewegt, die Fahrt auf die Grenze zu! Apropos Grenze, wollte ja schon lange den Berlin-Bericht loswerden! Hatte, liebes Weib, an Ihren köstlichen Berlin-Ausführungen viel Freude und danke Ihnen nochmals sehr dafür. Ja, was uns da verband, war wohl nur der Verzicht auf den jetzt möglichen "Grenzgang"....

Habe es vorgezogen, mich nicht in eine "Stadtdame" zu verwandeln, sondern verpaßte mir bequeme Schuhe - und erlebte! Wie üblich bewegte ich mich nach planmäßiger Ankunft in Berlin-Lichtenberg auf die S-Bahnstation zu. Gewonnene Eindrücke von Bildberichten seit der Grenzöffnung wurden hier - vor Ort - wieder lebendig. Es ergoß sich mit mir in die Fahrtrichtung Friedrichstraße ein unübersehbarer Menschenstrom. Sprichwörtlich "hautnah" wurde hier für mich die "erkämpfte Bewegungsfreiheit" spürbar.

Hatte eigentlich eine optimistisch-entspannte Atmosphäre erwartet - erschrak über aggresive, hektische Verhaltenweisen. Man brauchte keinen besonderen Spürsinn zu besitzen, um auch hier den Scherben der rohen Gewalt zu begegnen, den ersten Arbeitslosen - Haltlosen! Am "Alex" entwand ich mich der kralligen Masse und fühlte mich dann im Alleingang wie ausgespuckt...

Die Heimreise nach dem "Ostberlin-Trip" war entsetzlich. Mit mir - 1. Klasse -zwei Ehepaare (vermutlich DDR-Kleinunternehmer) beherrschten das Geschehen. Ein stehtes Klagen über die noblen, reichen Geschäftsstraßen in Westberlin, über die zu kleinen Größen der wunderschönen, preiswerten Lederjacken für die korpulenten Kunden und über die wundgelaufenen Füße...

W., da gab es kein Nachklingen von Kunsterlebnissen... Bei diesen euphorisch wiederholend nichtigen Äußerungen mußte ich plötzlich an meine - unsere kleinen künstlerischen Anliegen, an unsere Hoffnungen denken. Man hat im Moment dieses "Ausbruchs" nicht das Gefühl, daß unser Mitbürger noch irgend etwas Stilles an sich 'ranlassen kann oder will.

...jetzt im warmen Abendlicht ein "Bilderbuchdörfchen" nach dem Grenzübergang! Mit wehem Gefühl gehen meine Gedanken, liebes Bauernweib, hin zu Ihrer domartigen Scheune, diesem herrlich alten Kunstwerk. Immer wieder -immer noch- diese Verantwortungslosigkeit, diese quälend langen Wege von Ämtern zu übergeordneten Instanzen, das Nichtdurchsetzungsvermögen der Verantwortlichen der Denkmalspflege erfüllt mich mit ohnmächtiger Wut. Zum Erhalten fehlte das Geld, die Kraft, das Durchstehvermögen - für den Abriß wurden Tausende genehmigt!

Habe, liebes Weib, den Eindruck, daß auch dieser Schandfleck nicht in die optimistische Phase paßte, er schnell beseitigt werden mußte. Niemand denkt wohl an ihre inneren Verletzungen, an etwas Wichtig - fehlendes. Versuchen Sie, liebes Weib, Ihre Empfindungen weiterhin abzuarbeiten, uns damit etwas zu geben! Wohl dem Menschen, der auch in Zeiten der Bedrängnis die Möglichkeit zu künstlerischen Formulierungen hat...

Sehr herzlich - im Denken an Sie Ihre R.

Rosemarie Raeuber, Aachen

Holz wurde Symbol

Herzogenrath (ath). Ein bisschen Wehmut lag schon in der Luft bei der vierten und letzten Ausstellung zu „Wogen der Zeit" im Klösterchen.

Mit dem „Das Wesen im Holz" bewiesen drei der Projektfrauen zum internationalen Frauentag, wieviel künstlerische Kraft im vermeintlich „schwächeren Geschlecht" steckt.

Birgit Kuballa, Gleichstellungsbeauftragte und quasi „Mutter" des Projektes – sie hatte im Frühjahr 1999 die Idee und die „Wogen" in Bewegung gesetzt – freute sich sehr über den regen Zuspruch, den die vier Ausstellungen mit Präsentationen, Musik und Workshops gefunden haben. Ein ähnliches Projekt hält sie für denkbar, zunächst möchte sie aber diese Reihe abschließen, aufarbeiten und wirken lassen.

Wirken lassen, war auch das Stichwort der Präsentation rund um Holz und Bäume als Symbol für den Wandel des Lebens. In einer sehr intensiven Zusammenarbeit mit den anderen schuf Stefanie Westkott einen hölzernen Einbaum, an dem sie während des Abends exemplarisch weiterarbeitete. Julia Weiteder-Varga „protokollierte" den Wandel des Baumes hin zu seiner neuen Daseinsform in einem poetischen Text. Daraus und aus weiteren lyrischen Zeilen über die mystische Lebenskraft des Holzes zitierte sie, unterstützt von Pianistin Annelies Strosyk, die das Thema „Natur" in der Musik Claude Debussys aufgriff.

Optisch aufgefangen wurde dies in den Fotografien, verschmolzen mit Zeichnungen und Monotypien, von Rosemarie Räuber.

Körper und Landschaften

Auf den ersten Blick zeigen sie Holzmaserungen, die Oberfläche von Baumrinden oder einen von Ameisen ausgehöhlten Stamm. Bei intensiverer Betrachtung, die ein einzelner wandernder Scheinwerfer noch unterstützte, zeichneten sich Frauenkörper, Blätter oder Landschaften ab.

Nach Ende der sehr harmonischen und poetischen Darbietung herrschte zunächst Stille, ehe das Publikum, sich aus seiner Besinnung lösend, stürmisch applaudierte.

für den Wandel des Lebens

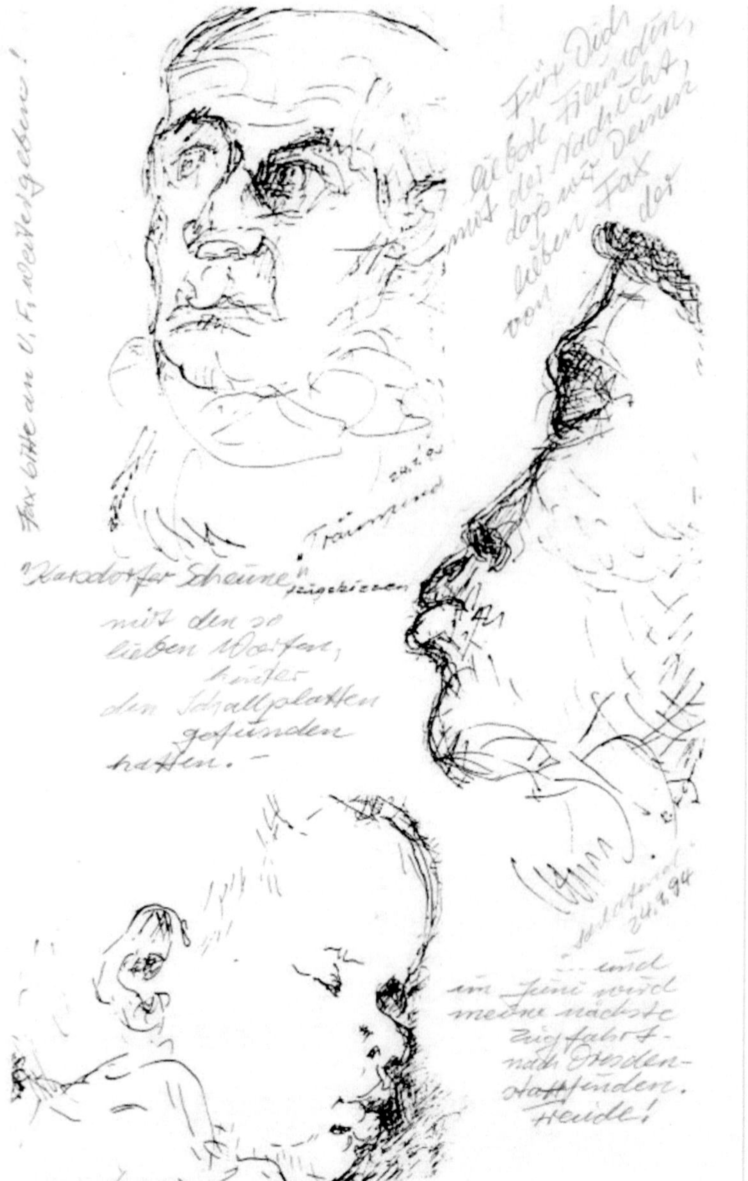
Fax bitte an U. F. weitergeben!
Für Dich liebste Freundin, mit der Nachricht, daß wir Deinen lieben Fax von der
Träumend
"Karsdorfer Scheune" zugeschickt
mit den so lieben Worten, hinter den Schallplatten gefunden hatten. –
schlafend 24.9.94
… und im Juni wird meine nächste Zugfahrt nach Dresden stattfinden. Heide!
Conny schlafend

Im Verabschieden – Im Zurückgehen in die alte Heimat
In Nachdenklichkeit im Erinnern –
wird es uns,
liebe Freunde, weiterhin im
ZWIEGESPRÄCH geben ...
Lasst euch in Vertrautheit die Hände reichen.
Bin im erneuten Umgehen
mit diesem Wissen der kommenden
NAHEN FERNE,
mit diesem LOSLASSEN MÜSSEN
und einem hoffnungsvollen
EINWACHSEN WOLLEN.

In dieser „Jahresend-Reflexion", im Spannungsfeld von 8 Jahren, möchte ich euch in Dankbarkeit einbeziehen.

Im Mai '02

ÖFFNE DIE TÜR
VOR MEINEN WORTEN"...
"...SUCHE DIE RÄTZEL-
HAFTEN BRUCHSTELLEN
ZWISCHEN DEN SÄTZEN"

Deine Worte,
liebe J., suchten mich –
fanden mich jetzt
in Ferne!
Ein Verbindendes –
als Brückenschlag
ein Bleibendes...
Meine
Gefühle gehen auf
Wanderschaft.
Ein gebeugter
Rücken –
weiterhin
im Um-
zugs-
stapel!

Die Freude
und ein Daseins-
gefühl steht noch
vor Türen und
leeren Wänden...
Diese „Grüntal-Verabschiedung" –
mit diesen vielfältigen,
persönlichen Zeichen von
gewachsener Nähe klingen nach –
wollen auch verarbeitet werden.
Bitte grüße all die Vertrauten – Deinen
A. und meinen traurig dreinblicken-
den „Maxi" mit dem Versprechen meines
Wiederkommens!
Eine liebevolle Umarmung Euch allen –
Resi

Im Mai '02

„ÖFFNE DIE TÜR
VOR MEINEN WORTEN …
… SUCHE DIE RÄTSEL –
HAFTEN BRUCHSTELLEN
ZWISCHEN DEN SÄTZEN"

Deine Worte, liebe J., suchten mich – fanden mich jetzt in Ferne!
Ein Verbindendes als Brückenschlag, ein Bleibendes …
Meine Gefühle gehen auf Wanderschaft. Ein gebeugter Rücken – weiterhin im Umzugsstapel!

Die Freude und ein Daseinsgefühl stehen noch vor Türen und leeren Wänden … Diese „Grüntal-Verabschiedung" – mit diesen vielfältigen persönlichen Zeichen von gewachsener Nähe klingen nach – wollen auch verarbeitet werden.
Bitte grüße all die Vertrauten – deinen A. und meinen traurig dreinblickenden „Maxi" mit dem Versprechen meines Wiederkommens!
Eine liebevolle Umarmung euch allen – Rosi

Am 4. 6. '02

„Selbst
eine schwere Tür
hat nur
einen kleinen
Schlüssel nötig."
Ch. Dickens

Unsere Tür – Ihr Lieben – steht euch
in Herzlichkeit am Freitag, den 21. 6.,
offen. ...
Wir möchten nun mit euch, in bleibender Vertrautheit, unser „Wieder-dasein" in Dankbarkeit und Freude feiern.
Fühlt euch sehr umarmt, liebe R., lieber H., und bedankt für all die liebevollen Zuwendungen, die uns das „Hineinwachsen" in die alte – neue Heimat erleichtern werden.
Wir grüßen euch – Rosi und Hans

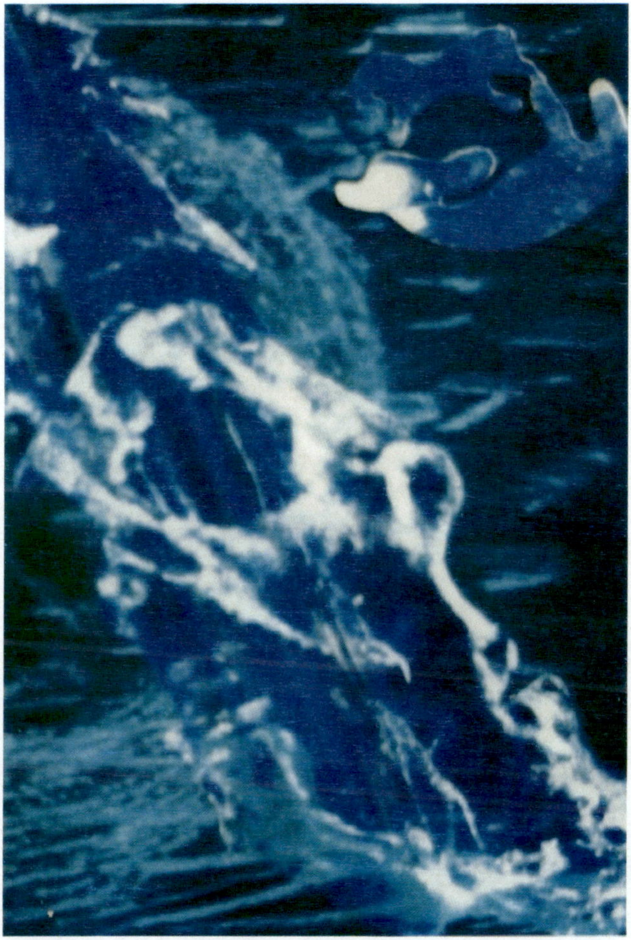

Leben

Ich falle nicht aus Gottes Hand.
Ich halte mich. Ich bleibe fest.
Wann immer mich das Leben fand
Und würgte mich. Ein Rest
In mir blieb unberührt.
Verführt
Vom Leben, lebe ich.
Und wirfts mich:
Ich erhebe mich.

Eva Strittmatter

Hänichen, am 12. 6. ’02

Mit dieser Heimkehr beginnt sich ein Kreis zu schließen ... und, meine liebe Tochter S., wenn dein Dasein diesen letzten Lebensabschnitt bereichern würde, könnte ich in mir gesunden. -

Fühle dich, liebe S., zu deinem Geburtstag gegrüßt – fühl all mein Hindenken, meine weitere Hoffnung und guten Wünsche.
Vati und ich warten auf einen Vorschlag von euch zu der F.-Einladung.
Im Hoffen auch auf einen Neubeginn mit uns umarme ich dich fest.
Deine Mutti und dein Vati

Im Juni '02

Liebe A. (wo auch immer du z. Z. bist), fühle dich ganz lieb gegrüßt und bedankt für die heut erhaltenen Zeilen.
Meine ersten kläglichen Versuche, als bildhafte „Tageblätter – als Abschnitte", die leere Staffelei mit Leben zu füllen, sind für mich eine ungewöhnliche Form, Bedrängung abzubauen – einen Neuanfang zuzulassen.
Versuche mit „Fünf-Minuten-Arbeiten" meine inneren LEERRÄUME, neben den noch gestapelten Umzugskisten, hoffnungsvoll auszufüllen. Im Moment meine einzige Chance, einem Stück von mir zu begegnen.
Du möchtest wieder einmal mit mir ins Gespräch kommen – wie ich mir dies auch schon lange wünschte …

Wir haben uns mit der Zeit, der Hektik und unserem Wollen und, und … so zugebaut, dass die Nerven blank liegen – wir uns selber nicht finden!
Trotzdem – unsere Tür blieb immer offen für den, der uns ohne Vorwürfe fand oder suchte. Das Telefon wurde erst vor kurzem freigeschaltet und wir fühlten uns – mit krummem Rücken sehr draußen! Meine Rufe, nach P. – mein Denken, kreisten dich ein! Sicher war es dieses Gefühl deiner Nähe – traurig, dass es zu keiner Kurzbegegnung kommen konnte.
Lasse dich lieb grüßen für heut …
Rosi

Im Sommer '02

Verehrter Herr Dr. M.,
ich grüße Sie und Ihre Mitstreiterin aus dem alten – neuen Zuhause ...
Es wird ganz langsam für mich das Einwachsen möglich – es gibt endlich ein Hiersein, aber noch kein innerliches Dasein.
Unsere Großfamilie – die vielen Freunde – fordern aber schon Zuwendung – ein Dasein im Rundum!
Dieser aufwendige, ferne Umzug hinterließ Spuren – zeigte mir meine Grenzen, erfordert noch viel Kraft. –
Mein Hoffen, dass ich mich bald wieder in künstlerischer Arbeit finde.
Erste persönliche Kontakte mit meinen Kunstfreunden waren schon möglich und wir arbeiten langsam auf das „GEWACHSENE" hin ...
Sehr freue ich mich auf die erste Begegnung mit Ihnen – mit der schon vertrauten Kunststätte. Für mich als ängstliche Autofahrerin ist die Entfernung Hänichen – Graupa schon ein Problem.
Herzlich Ihre R. Raeuber

August '02

H. - du Liebe – du hast mich doppelt beschenkt.
Hast mir meine Ängste um dich genommen (da ich oft umsonst telefonisch nach dir rief), indem ich deine lieben Zeilen und deine kostbare „Collage" in den Händen halten konnte …
Du bist also auch, wie wir, von der erbarmungslosen Flut verschont worden. Wir kamen uns vor wie auf einer behüteten Insel mitten in der Brandung. –
All das Unglück im Rundum und die harten Schicksale einiger unserer Freunde erschütterten mich – ließen Dämme in mir brechen.
Mein H. (mein Gatte, wie du immer zu sagen pflegst) war in dieser Krisensituation ca. 500 km vom Nest entfernt, um sich durch einen mehrtägigen „Renten-Job" ein paar Lorbeeren einzuholen. Ha, ha!
Schön, liebes Erdweib, dass es bei dir wieder ein bildkünstlerisches Eintauchen gab und du mir eine Kostbarkeit überlassen hast. Fühle dich innigst bedankt.
Als eine Begegnung mit H. und U. bei mir stattfand, um Vorarbeiten zu unserer Ausstellung zu treffen, war ich überrascht, mit welcher Intensität unser Anliegen angegangen wurde. J. musste wegen der gesperrten Brücken passen.
Nur mit „Rosi" habe ich Probleme, da sie einfach nicht aus dem Knick kommt. Mein großes Hoffen, dass sich bald „Etwas" in mir – um mich – mit mir bewegt …
Mit erwartungsvollen, leeren Händen – mit runtergeschlappten Ohren stehe ich beschämt vor euch Schaffenden! Bis zur Wiederbegegnung

Rosi

Im August '02

„... das Schweigen als tiefe Dimension des Verstehens."
M. Bickel

Liebe St., aus unserer momentanen fast sicheren Inselwelt – in all dem Chaos im Rundum – mein stilles Hindenken mit allen guten Wünschen zu deinem Wiegenfest.
Mein Dankeschön an dich – an deine Lieben auch für die Geburtstagesgrüße. Dir alles erdenklich Gute für dein künstlerisches Tun – für deine Selbstfindung ...
Es ist schon wichtig und toll, wie W. dies abgefangen hat und deine Töchter mittun, damit du dich einer beglückenden Arbeitsform widmen kannst.
H. ist vor zwei Wochen und zurzeit wieder für eine Woche zu einem „Arbeitseinsatz" nach Krefeld gereist. Er genießt das „Gebrauchtsein"!
Mein intensives Hindenken und das „Nicht-Loslassen" von diesem gewachsenen Heimatstück, mit allen vertrauten lieben Menschen lässt ein Einwurzeln noch nicht vollständig zu ...
Wenn ich an die Arbeit denke, die etwas mit mir zu tun haben sollte, umgibt mich weiterhin eine erschreckende Leere.
Im Erinnern an unser gutes „Holz-Wesen-Projekt" dir diesen „Frottagenausschnitt" vom Innenleben deines Bootes – von deinen bildhauerischen Spuren ...
Ich umarme und grüße dich – euch, im dankbaren Hindenken.
Rosi
P. S.: Mein Hoffen, dass endlich diese Zeilen ihren Weg finden und nicht dem Wasser zum Opfer fallen. Seit Tagen gibt es keinen Postweg ...

September '02

Mit Dank – lieber, verehrter „Künstler-Freund" – für Ihren tel. Ruf grüße ich aus dem neuen Umfeld, das mich eigentlich schon heimatlich aufnehmen sollte ... Meine Gedanken und Empfindungen kreisen noch um Kohlscheid, vor allem um die gewachsene Nähe von lieben Menschen. –
Wie hoffte ich noch auf eine persönliche Begegnung auf Ihrer oder meiner Ausstellung. Meine Reisetermine lagen fest, sodass ich mich nur über Ihre Einladung freuen konnte. –
Sie hatten mich mir Ihrem Kommen auch oft verwöhnt trotz ihrer Zeitnot! –
Ihre momentane Situation ist hoffentlich optimistisch und künstlerisch erfolgreich? Für Ihre letzte Neujahrsgrafik danke ich nochmals herzlich und freue mich, dass Sie auch nach neuen Wegen suchen. –

Uns hat der Stress – die Aufregung, seit dem 65. Geburtstag meines Mannes, nicht mehr in Ruhe gelassen. Ab Januar waren wir mit den Geburtstagsfeierlichkeiten sowie vielen Verabschiedungsbegegnungen so angespannt, dass die folgenden Umzugsvorbereitungen uns die Grenzen wahrnehmen ließen ... Unsere Nachmieter waren in Zeitzwang, sodass wir ihnen entgegenkommen mussten mit einem früheren Auszug als geplant. –
Sehr hoffe ich in alter, herzlicher Verbundenheit, dass es wieder eine Begegnung mit Gesprächen geben wird. –
Im Mai ist, mit einer Künstlerkollegin, eine Ausstellung auf „Burg Rode" vorgesehen und ich darf hoffen ...
Fühlen Sie sich herzlich gegrüßt – mit allen guten Wünschen
Ihre Rosemarie Raeuber

P. S.: Im Erinnern Ihre letzten Worte: „Sie drohen mit Ihrem Weggang?"

September '02

In tiefer Erschütterung, liebe G., lieber D., bin ich weiterhin gedanklich bei euch – bei all den Betroffenen. –
Meine inneren gebrochenen Dämme versuche ich zu befestigen – mit Hoffnung wieder bewachsen zu lassen ...
Mit Dankbarkeit nahm ich den glücklichen Umstand in mir auf, dass ihr in Nähe diese notwendige Erneuerung eures Hauses begleiten könnt – ihr beinahe zu Hause seid!!
Im höchsten Nest – der oberen Etage der ehemaligen „Raeuber-Höhle" wird sich nun das Band einer langen, tiefen Freundschaft um euch schlingen – an neue Erwartungen euch binden ...
Fühlt euch innigst umarmt – mit dem Ruf: Kommt mal – taucht mal wieder bei uns auf!
Im Hoffen einer guten Wiederbegegnung – Rosi und Hans

September '02

Liebe Frau C. T., die unendlich vielen Rufe, die bei uns bzw. bei mir ankamen, sowie die meinigen, mit denen ich versuchte, unsere Nächsten und Freunde in dieser bedrängenden Situation zu erreichen, hielten mich in Spannungen – in Panik.
Vom ersten Tag an – der nicht zu erwartenden Flut – war mein Mann für eine Woche in großer Entfernung geschäftlich tätig.
Mich schloss das Chaos im Rundum, auf der kleinen Insel „Goldene Höhe", ein und meine Unruhe stieg wie das Wasser ...
Strom und telefonische Verbindungen blieben aber nur für kurze Zeit aus.
Meine Hilfsangebote kamen aber dort, wo es am nötigsten war, nicht an.
Wie viele Freunde wusste ich in Nähe unserer vertrauten Elbe ...
Unsere Kinder und Verwandten blieben vom Schlimmsten verschont. Mein kläglicher Versuch, Ihnen sowie den jungen Leuten zu Hilfe zu kommen, traf (wie Sie mir mitteilten) in der bedrängendsten Situation ein ...
Das wirkliche Ausmaß ist uns allen, zu diesem Zeitpunkt, noch nicht bewusst gewesen, welches später erschütternd erlebbar wurde. –
Wie ich hindachte – wie ich litt!
Mein Hoffen, Sie Liebe, mein Wissen auch, dass durch die vielschichtige Hilfe, die Ihnen widerfahren ist, eine Kraft zum Neubeginn wieder wachsen konnte. – Fühlen Sie sich gegrüßt mit allen guten Wünschen – mit diesem „Hesse-Gedicht"!
In herzlicher Verbundenheit – mit einem Händedruck auch an die junge Familie
Ihre Rosemarie R.

P. S. Mein Mann wird, wenn er wieder vor Ort ist, versuchen, helfend einzugreifen!

im Oktober '02
Fühle, meine liebe V., mein Kindchen - meine guten Wünsche für diesen neuen Abschnitt deines SEINS.
„GLÜCK" möge weiterhin dein weiteres Leben begleiten und dich die Wurzeln nicht vergessen lassen...
Deine T. Fox umarmt dich sehr herzlich!

zum 12. 11. '02

„Die Sehnsucht nach dem Wunderbaren, das erhabene Staunen beim Anblick der ewigen Sterne ..." – dies, meine liebe A., macht dich für mich so

lebendig – und, so nah!
Fühle mein Hindenken, all meine guten Wünsche ...
Deine Zuversicht – Hoffnung und dein Mut wird auch in Zukunft eine Botschaft für deine Lieben in Nähe und Ferne bleiben.
Lasse dich innigst grüßen mit dieser Verknüpfung von diener handgeschöpften METAMORPHOSE – mit den Worten des (seit meiner Kindheit) verehrten Albert Schweitzer.

Deine ferne (jetzt weniger zickige) Rosi

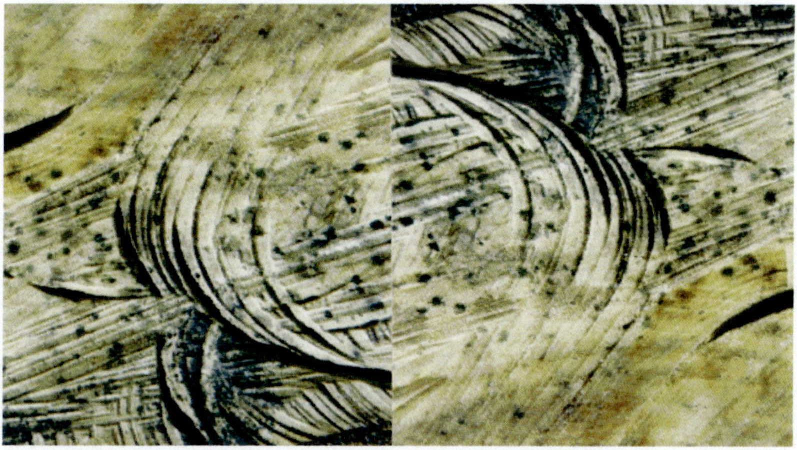

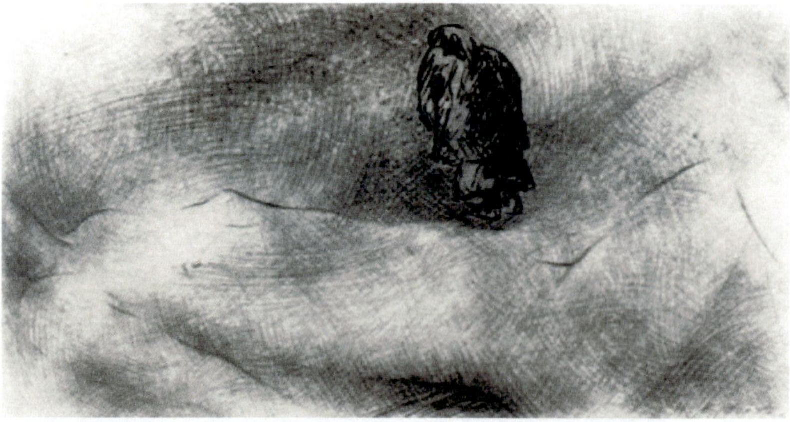

18. 3. '03

Mein liebes R., unsere intensive Nähe in vielen Arbeitsjahren – mit der Geburt unserer letzten Kinder ...

Heut nun kann ich dich beglückwünschen zu deinem ersten, kleinen Enkelchen.

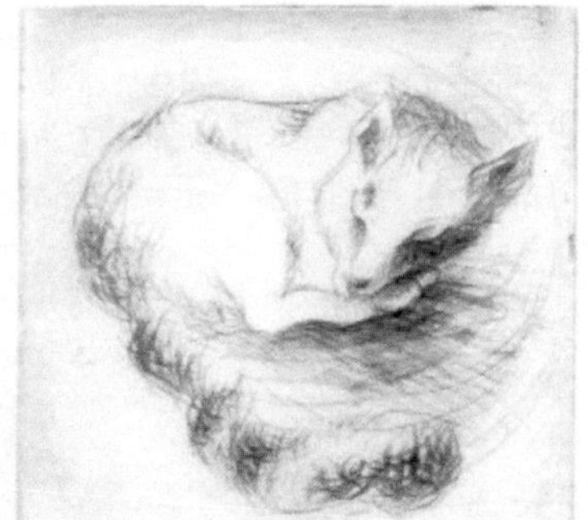

Sehr freue ich mich mit dir über das Glück, welches du empfindest.

Möge es weiterhin dem neuen Erdenbürger möglich sein, in eine friedliche, gesunde Welt einzuwachsen!

Mögen wir uns alle, vor allem die Leben gebären, umfassen, dass dieser Irrsinn eines erneuten „Ich-Menschen" und seine Auswirkungen nicht das ganze Sein in Frage stellen ...

Dieses neue Leben – ein Zeichen der Hoffnung!

Fühle dich, liebes R. – deine Kinder – herzlich gegrüßt und beglückwünscht.

Rosi & H.

22. 3. 03

Sehr geehrter Herr Prof. B. K.,
der weibliche Raeuber grüßt Sie und Ihre liebe Frau herzlich.
Am Sonntag kreisten mein Mann, ich sowie gute Erinnerungen Ihr kulturelles Umfeld ein. Am Montag wurde es mir endlich möglich, mich – mit drei weiteren Besuchern – vor Ihren Kunstwerken zu verneigen. Kein Eröffnungsstress – so tröstete ich mich über mein Fernbleiben ...
Wie Sie mich, verehrter Lehrer, mit Ihren Werken als zeichnerisch-farbiger Klangwelt erreichten. –
Etwas, was ich in mir verschüttet glaubte, brach wieder auf – gibt Hoffnung, dass diese ausgelöste Sehnsucht einen zeichnerischen Neuanfang zulässt – ihr wieder ein Raum gegeben wird.
Nochmals herzlichen Glückwunsch zu dieser kostbaren Schau!
In Dankbarkeit – auch nochmals für den ermöglichten Atelierbesuch und den noblen „Geschenk-Katalog"
Ihre R.

zum 23. 3. 03

Sie, liebes, nahes, fernes „L.-Weib" – die Raeuberin grüßt sie seeehre.
Bin im dankbaren Erinnern für dieses „Dresden/Gera – Erlebnis" in Ihrem Geburtsmonat März!
Lassen Sie sich symbolisch umarmen – Ihnen die Hände reichen mit allen erdenklich guten Wünschen. –
Diese unerwartete Begegnung in Nähe – mit Wärme, geht weiterhin in mir um, lässt – wie nach einer naturgemäßen winterlichen Phase – ein Keimen, ein Erwachen wieder zu ...
Glücklich – im Abseits – erlebe ich weiterhin Ihre positiv-unruhige, schöpferische Lebensform mit Hinwendung auch zu jungen, künstlerisch begabten Menschen.
Meine gierigen Augen liefen mit mir durch Ihre Räume und Ecken – an Wände und saugten Vertrautes so wie Neues auf. Danke!
Das Vorlegen Ihrer Fotos zu dem persönlichen, erschütternden Fluterlebnis ließ in mir den Gedanken aufkommen, Ihnen zum Geburtstag einige Experimente meiner späten Aufarbeitung zu überreichen. -
Sie ermutigten mich auch weiterhin zum Zeichnen – zum Weitermachen. –
Ich will – ich werde!!
Trotzdem glaube ich, dass es für mich mit der momentanen Auseinandersetzung (Foto-Grafik) – mit meiner Suche nach Transparenz durch die Verschmelzung von zeichnerisch-malerischen und fotografischen Mitteln, einen weiteren Schritt zu meinem künstlerischen Anliegen bedeutet.
Könnten Sie mich in dieser Hoffnung bestärken?
Sie Liebe, ich denke zu Ihnen hin ...
In Vorfreude, im Glauben diesmal – auf eine Begegnung in Hänichen
grüßt Sie innigst

Ihre Raeuberin

Juli '03

Du liebe, treue Seele, wie du, trotz deines Aufbruchs nach Ägypten, noch ein kurzes Dasein in unserer Ausstellung ermöglicht hast …
Wie ich dir schon meine Hochachtung zu deiner künstlerischen Umsetzung aussprach, so möchte ich es dir auch nochmals schriftlich formulieren.
Dein so intensives Erleben und Aufarbeiten in Wort & Bild ist eine so tief empfundene Leistung, dass ich das Bedürfnis habe, dich fest zu drücken – möglichst in Nähe …
Fühle dich auch bedankt, dass ich teilhaben darf – dass es in mir, in dieser ursprünglichen Form, wieder einen Raum einnehmen wird!
In die nächste Ausstellung, liebe J., wirst du mich auch wieder mit deiner Poesie begleiten – mir nahe sein …
Mein Hoffen, dass ich dir auch mit dem ersehnten Bild „TREUE DEN TRÄUMEN" eine Freude bereiten kann. –
Mein Hindenken – meine Grüße sollen dich – deinen Mann, den Maxi – erreichen in aller Herzlichkeit.
Rosi

P. S. Euer Blümchen, welche das Hoch und Tief einer problematischen Reise (Regen/Sturm/Sturz und eine Hitzefahrt) erleben musste, hat sich zu einem dankbaren „Weiterwachsen" entschlossen. Danke!

Im Juli 03

Es war für mich der bewegendste Augenblick, dass Sie, liebe M. – Sie, lieber P. H., in die so schwer zu erklimmende „Burgausstellung“ kamen. Danke auch, dass ich – trotz der kritisch-erfahrenen Künstlerblicke – durch Sie eine ermunternde Wertung erfahren durfte.

Fühlen Sie sich – mit Wertschätzung – in Ihrem künstlerisch-gemeinsamen Tun herzlich vom weiblichen & männlichen Raeuber gegrüßt.

Wappen / Burg Treis

für E.K. R.K.

26. 7. 03

Zwei Monate sind vergangen – ich bleibe im guten Erinnern!

Ihnen, verehrter Herr L., der verehrten Frau W. und allen Mitgliedern des „Vereins Burg Rode" einen herzlichen Gruß vom weiblichen Raeuber.

Nun ist eine Begegnung mit Ihnen – vor unseren Arbeiten – doch nicht mehr möglich gewesen. Frau V. versicherte uns aber, dass Sie noch einen „Blickkontakt" mit unserer Ausstellung hatten ...

Wir hoffen, dass Sie einen positiven Eindruck gewonnen haben.

Für uns war der Eröffnungsabend, mit der sensiblen Ansprache und der musikalischen Darbietung ein festlich-rundes Ereignis. –

Freuen konnten wir uns auch über die folgenden zwei Tage mit vielen interessierten Besuchern zum „ZWIEGESPRÄCH".

Für mich (nach einjährigem Weggang) auch eine kostbar-intensive Wiederbegegnung mit Freunden!

Gäste auch aus fernen Regionen (Berlin/Stuttgart/Dresden & Baelen) reisten auf Ihre Burg an und nahmen gute Eindrücke mit (so Gästebuch-Eintrag). Darüber freute sich auch Frau I. Aigner!

In Dankbarkeit denke ich auch an die hilfsbereite, umsichtige „Burg-Fee", Frau V. und an ihren Mann, die im Stillen wirkten ...

„Ihnen allen" nochmals einen symbolischen Händedruck – mit großem Dank. Meine nachhaltigen Fragen betreffs einer Abrechnung wurden bisher freundlich übergangen. Wie ist dies für uns zu werten?

Über ein paar Zeilen, verehrter Herr L., würde ich mich nochmals freuen.

Fühlen Sie sich – in Herzlichkeit – verabschiedet im Hoffen auch, dass es nochmals eine Begegnung in Herzogenrath geben kann.

Ihre Rosemarie Raeuber

P. S. Wir möchten Ihnen noch gestehen, dass wir, trotz aller positiven Zuarbeit Ihrerseits, über die Ausführung des Plakates auf <u>gelbem</u> Grund nicht glücklich waren. Unsere Bitte war: Druck auf Weiß! Die Ankündigung in Ihrem Jahresprogramm war für uns aber eine gute Vorstellung – danke.

Hänichen, am 7. 8. '03

R., dein „Warum?" gestern per Telefon klingt noch in mir nach ...
Gleich nach dem Empfang des Briefes und nach zweimaligem Lesen erfüllte eine Erschütterung mein Innerstes.
Welche Rufe eines Sohnes mit Besorgnis – mit Liebe erfüllt an die Mutter – die „Vertraute" schon von jungen Jahren an!
Spüre, R., dass es sicher keine Verletzungen hinterlassen sollte – dass es vielleicht ein wichtiger Teil von dir ist, der durch J. angesprochen und in dir ausgelebt sein möchte. –
Für mich (mit Abstand, aber emotional nachvollziehbar) kann dies nur ein Aufschrei - ein „Brieftagebuchblatt" – eine Beschwörung eines Suchenden sein! Könnte es Trauer über Verlorenes – über das vergebliche Bemühen um Nähe und einer innerlichen Verständigung sein?
Nimm, liebe R., meine Gedanken als vertraute Form – als tiefes Mitempfinden. Sei optimistisch – sei DU, wachse mit deiner Stärke in dir und vertraue dir!
R., ich hab dich gut ... (sagte unser Töchterchen C. immer zu dir)!
Mit Umarmung Rosi
Mit Grüßen auch von H.

Hänichen, am 9. 8. '03

Willkommen, liebe U., wieder in der Heimat – wieder in Nähe ...
Hab großen Dank für diese zweifach-kostbaren Zeichen zu meinem Wiegenfest.
Du warst ganz bei mir – bei uns!
Mein Mann organisierte mit viel Umsicht & Gefühl – als Geschenke für mich – zwei harmonische Tage mit nahen, lieben Freunden, die vor allem aus früherer Zeit in mir lebendig bleiben ...
Sehr gefreut, du Liebe, habe ich mich über deine „Original-Komposition" in warmen Farben mit einer ausgewogenen Spannung – danke!
Bis zum Wiederhören – oder Sehen fühle dich, sowie dein Mann, lieb gegrüßt.
Mit Umarmung – Rosi

20. 8. '03

Ich bin fassungslos – mein lieber, treuer Freund – als mir plötzlich bewusst wurde, dass dich mein Dank noch nicht erreicht haben konnte. –
Eben, 22 Uhr, tauchte ich wieder einmal hektisch aus meinen Ausstellungsvorbereitungen auf und es durchfuhr mich heiß!
So viele liebe Menschen habe ich schon mit Dankesworten bedacht …
Du solltest für diese „Kostbarkeit" eine besondere Zuwendung erfahren und nun meine traurig hängenden Ohren …
Für mich ganz ungewöhnlich, dass es mir gleich am Morgen möglich wurde, mich diesem „Hör-Erlebnis" ohne schlechtes Gewissen – ohne Zeitdruck einmal hinzugeben – ganz da zu sein!
Worte – Bilder – Empfindungen – alles war Klang – war mit den „Dresden-Glocken" verwoben, verschmolzen …
Kindheitsorte – Zeitebenen – Erinnerungen schrieb ich gedanklich an dich auf und war in Dankbarkeit bei dir – bei uns im gemeinsamen Erleben im Juni! –
Für mich war unmerklich mein Dank schon bei dir angekommen – oooh, ist mir noch zu helfen?
Sei lieb umarmt – in Vorfreude unserer Begegnung in Pegau!!
Herzlich Rosi
Grüße auch von H.

August '03

H., du Liebe, wieder hast du deinen schwärmerischen Blick über die Weite zu mir – zur „Goldenen Höhe" – schweifen lassen …
Fühle dich verwöhnt – gib deinen starken Willen dazu, dass sich dein Gesundungsprozess schnell und gut vollziehen kann. –
Sieh dir dein Bild an – deine vertraute „Kessheit" war, am 1. 8. '03, beglückend!

Wir bleiben in Dankbarkeit, dass du mit uns feiern konntest – gesungen hast und Pläne schmiedetest. vergiss nicht, du hast noch wunderschöne Ziele, für 2004 im R.- W.- Museum vor …
Und es wird dir, mit Hilfe deiner Lieben, wieder möglich werden, zu deinem schöpferischen Schaffen zurückzukehren!
Sei umarmt – mit lieben Grüßen auch ans Töchterchen.

Herzlich – Rosi

August/September '03

Nach der Bewältigung der Flutschäden in Laubegast

„Gib jedem Tag
die Chance,
der schönste
deines Lebens zu werden."
(Mark Twain)

Meine Lieben, Ihr lebt es mit allen Höhen und Tiefen – in beglückender Offenheit – im bewussten Miteinander!

Fühlt unser Hindenken, unsere innigen Wünsche für eine gesunde innere und äußere Heimkehr ...

Möge sich euer Dasein ohne weitere Unruhen und Mühen gestalten – ihr in Dankbarkeit ein intensives und heiteres Leben wieder annehmen können ...

Wir reichen euch die Hände in herzlich-vertrauter Verbundenheit, als Angebot auch, wenn Hilfe Not tut!

Wir können nur erahnen, was ihr und vor allem unser Freund („'nen krummem Rücken will ich sehen" ...) leisten musstet.

.... Und, nun habt ihr mit Mut, Kraft und einem Siegeswillen euer Ziel erreicht!

Wir umarmen die Heimkehrenden sehr!

Lasst euch – die Kinder und all die Helfenden
herzlich grüßen von den nahen – fernen Raeubern

30. 8. 03

Sie liebes L.-Weib, ich lasse mich nieder im ehrwürdigen, 442 Jahre alten, Rathaus von H. Lotter – und bin im erschöpften – doch glücklichen „Uff!".
Warte, erwarte Gäste nach einer unerwartet guten Ausstellungseröffnung.
... Ich rede mit dem Gebälk des Rathausdaches – mit meinen Arbeiten und nun mit Ihnen und, und ...
Mein Schwager H. als Organisator und helfender Handwerker lieferte mir diese „Sofortaufnahmen" (ohne einen sichtbaren Aufbaustress trotz zusätzlicher 8 Vitrinengestaltungen)!
Eine erzwungene, aber interessante Erfahrung! Eindruck: Kabinettausstellung im Kleinformat!
Haben Sie Dank für Ihre guten Wünsche im letzten lieben Brief. Schön, dass Sie mit Ihrer Gemeinschaftsausstellung in Brandenburg glücklich waren ...

2. 9., 9 Uhr

Wurzelbehandlung – in Tiefe - verschleppt – selber schuld!
Zwischen den geplanten Ausflügen von drei Tagen im nahen Umfeld stehen immer wieder erwartungsvoll Gäste vor der Tür.
Der Herbstbeginn löst in mir hoffnungsvoll wieder eine lang erwartete, schöpferische Unruhe aus. Möge es der Beginn von „Etwas" sein!
Danke auch für Ihre guten Wünsche für einen Arbeitsanfang ...
In der Raeuber-Höhle grüßt uns nun endlich die kostbare, gerahmte Arbeit. – Danke nochmals für Ihr Blatt zum Einzug – für Ihr Dasein!
Hatten Sie schon die Möglichkeit, in der Kettner-Ausstellung zu sein? Seine Zeichnungen waren mir in der Zeit des Abendstudiums schon sehr nahe und ich werde (mit Freundin) erwartungsvoll eintauchen. –
Ich umarme Sie mit lieben Gedanken –

Ihre Raeuberin

Im Herbst '03

S. - meine Tochter – die Fragen nach dir – nach euch knüpfen ein Band um Leere.
„Man geht nie ganz ..." schrieb mir eine Bildhauerkollegin nach meiner letzten Begegnungsreise in das 8-jährig-mühsam eingelebte Herzogenrath. Ein Wiederkommen – ein Eintreten war aber nur durch erwartungsvoll geöffnete Türen möglich.
„Man bricht nie ganz ...". Dies bewege ich weiterhin als Hoffnung in mir!
Unsere Tür, wie du weißt, ist weiterhin offen und wird nicht zugeschlagen.

Erstmals zum 14. 6. hatte ich keine Kraft, um wiederholte Rufzeichen ins Leere zu setzen. Erstmalig auch für mich die Frage, ob meine Zeilen im „Nicht-Sein" – im Papierkorb auch ungelesen versenkt werden ...
5 Jahre sind vergangen, 5 Jahre „Abgebrochenes Gespräch". Jahre, wo mich keine Zeichen, Handreichungen oder Befindlichkeiten von dir erreichten.
Wie ohnmächtig auch meine hoffnungslosen Antworten an deinen Vater, der weiterhin fassungslos fragt und hofft, über mich wenigstens ein Zeichen von dir zu bekommen, etwas über euer Dasein zu erfahren. Dein Schwesterchen C. hofft auch, hat aber noch mehr erwartungsvolle Jahre vor sich als wir.
Möge dir mit deiner Tochter nicht widerfahren, was du all deinen nahen Menschen – mir und vor allem dir selbst antust. –
Meine innigen Wünsche für dich, dass du in F. einen weiblichen Partner erkennst, dass Nähe im Miteinander wachsen kann.
Wir warten weiterhin auf ein Zeichen, ob unser Enkelkind wieder einmal bei uns zu Hause sein möchte ...
Wir werden irgendwann aufbrechen und Einlass suchend vor eurer Tür stehen, um keine weitere innere Emigration wachsen zu lassen.
Grüße an dich – an euch in Gemeinsamkeit
Mutti

P. S. Unsere F. hatte Jungendweihe – hatte sie auch Wünsche, die wir erfüllen könnten?
Vati schließt sich mit hoffnungsvollen Wünschen und Grüßen an!

November ’03

Liebes L.-Weib, die Begegnung mit Ihren Arbeiten in den klaren, weiten Räumen der Dreikönigskirche – welch gutes Erlebnis im Gespräch mit Ihrer Kunst …
Mit uns war ein interessantes Publikum – Besucher, die nicht an Ihren Arbeiten vorbei kamen, einfach Bewegung am Sonntag!
Wie unhöflich und unverzeihlich von der Raeuberin, dass ich mich erst jetzt für Ihren Kunstbrief – für den Eröffnungsbericht bedanke! Ja, es ist mir bewusst, dass es für Sie eine festliche, runde Würdigung sein musste …
Diese „zwei Figuren“, die sich mir im Geschriebenen annähern und begegnen konnten, haben ihre eigene Sprache … Ich danke Ihnen mit Umarmung.
Sicher nun Ihre Frage nach meinen Vorhaben und Wollen?
Mit meinen Leuten bin ich wieder einmal im Vorbereiten einer kleinen, gemeinsamen Ausstellung. Mein Wunsch wäre, dass sie sich auch einmal „Allein“ präsentieren sollten!
Meine „Kindheitsstätte Possendorf“ möchte Arbeiten ab Oktober ’04 einem vertrauten Publikum zeigen und erwartet sicher auch „Jüngeres“ von mir …
Zurzeit geht mein Ehrgeiz nur dahin, um – auszurahmen – umzuhängen – um festzustellen: „Da war doch noch was!!“
In der Studienstätte Schloß Nöthnitz wurde Künstlern aus dem nahen Umfeld ein Raum für Ausstellungen angeboten und wird seit dem Sommer genutzt. Meine Bewerbung liegt vor – mal sehen …
Ansonsten laufen weiterhin Gäste treppauf, treppab durch die Raeuber-Höhle und versprechen wiederzukommen – wie Sie!!
Ihre Frage zu dem letzten Buch von Ch. W. „Ein Tag im Jahr“ kann ich nur beantworten: Ich will es mir besorgen …
Erschüttert aber hat mich (vor kurzem gelesen) das Büchlein „Was bleibt“! Rückblickend – erinnernd – bedrängend und versprechend …
Heut nun, Sie Liebe, nahm ich erneut mir die Zeit – nein, mir wurde die Wartezeit (nun schon 3 Std.) vom „Knochendoktor“ verordnet –, damit ich Ihnen schriftlich begegnen kann. Mein Problem: Sitzbeschwerden, ha, ha, aber zum Laufen ist der Warteraum zu eng …
Heut, am 25. 11., einem Frühlingstag im Spätherbst, denke ich seeehre zu Ihnen hin!!
Herzlichst
Ihre Raeuberin

P. S. Durch eine Ausstellungseröffnung, am 16. 11., zum Thema „Märchenhaft" lernte ich erstmalig die „KUNSTHALLE T 3" kennen – schön, was und wo sich etwas entwickelt ... Die Neustadt ist einfach lebendig!!

Vor einer gewagten OP ihrer Augen – im Februar '04

Meine liebe I. –
DER FRÜHLING IST EINE
ECHTE AUFERSTEHUNG
EIN STÜCK
UNSTERBLICHKEIT sagt uns B. D. Thoreau

Meine guten Wünsche und Hoffnungen gehen zu dir, zu deinem Tag des „helleren Lichtes". Ich bin ganz nah – ganz fest drücken wir uns die Freundeshand im Glauben einer hoffnungsvollen, lichten Zeit ...
Meine Kerze, am 11. 2. '04 für dich, wird ein gutes, warmes Leuchten verbreiten.
An einem Tag in der Zeit vom 10. 5. bis 15. 5. '04 werden wir uns in die Arme nehmen – sieht uns die vertraute Landschaft in Gemeinsamkeit wieder ...
Meine Bitten – meine Hoffnungen – mein Glaube wird dich umgeben!
Du weißt noch, dass wir ab dem 16. 2. für 14 Tage nicht erreichbar sind?
Bitte gib deinem Töchting die Karte, dass ich noch einen Zwischenbescheid erhalten kann – bitte!!
Mit lieben Gedanken
deine Rosi & H.

… im Hindenken an die kranke A. D.

Im Februar '04

Ihr Lieben –
Dieses Überraschungsgeschenk – für H. – hatte auch in mir einen tiefen Nachklang ausgelöst.
Fest am Arm haben wir einer alten Künstlerfreundin von mir, die verunsichert und in Zurückgezogenheit lebt, einen bewegenden Ausbruch ermöglicht. –
Mit der Offenbarung von H., dass dieses Konzerterlebnis so viel mit euch – mit ihm zu tun hat, ließ mich dir, liebe A., nahe sein …
Meine Gedanken und guten Wünsche schickte ich tief berührt, bei Mozarts Klarinettenkonzert A-Dur, KV 622 – Adagio, besonders zu dir. –
Es war für mich ein Einschließen von euch in die „Erich-Schneider-Ehrung"!
Aus seinen Erzählungen von der studentischen Erlebniswelt – mit all den frisch-fröhlichen „Balance-Akten" mit euch, rundete sich in mir dieses Bild vom kostbaren Miteinander ab. –
Wie oft bin ich im dankbaren Erinnern an unsere früheren „Silvester-Feiern" (Das Wildschwein rubbelt sich …) in all ihrer lebendigen Frische!
… und, wie ich mich von euch, in Herzlichkeit, angenommen fühlte!
Ihr habt mir – durch euer Sein – meinen nicht unproblematischen Ehestart erleichtert.
So mit diesen Gedanken gehe ich auch traurig um, wenn ich durch H. erfahren musste, dass es z. Zt. keine Hänichen-Raeuber-Höhlen-Begegnung geben kann. In Aachen konnten wir euch – mit Heimatgefühlen – überraschend in die Arme nehmen …
Bitte, Ihr Lieben, gebt ein Zeichen, wenn Ihr eine Möglichkeit der Wiederbegegnung in Betracht ziehen könnt.
Es grüßt und umarmt euch innigst, kurz vorm Abflug in unseren 14tägigen Urlaub
der weibliche Raeuber
PS: Wir hatten uns nur Kurzurlaube im Umfeld vorgenommen, aber H. will seine spanischen Kenntnisse hoffnungsvoll anwenden …

Im März '04

das alltäglichste Wort,
das geringste Ding …
Zwinge sie
die Flügel zu schlagen.
Mache sie
deinem Herzen ähnlich.
(Autor unbekannt)

Liebes L.-Weib!
Soeben heimgekehrt von einer 14-tägigen „Portugal-Andalusien-Portugal-Reise" grüße ich Sie auf das Herzlichste.
Mit großem Dank vor allem für die (sooo lieben) mich erwartenden Zeilen.
Wie schön auch, dass sie hinterhertappten in die Vergangenheit …
In mir noch angereichert die unaussprechliche Kultur- und Naturlandschaft in all ihrer Farbigkeit und Fülle!!
Mit Frau Prof. K. (die jetzige portugiesische Bäuerin) haben wir diese Rundreise gewagt – und im Nachhinein befragt … Wir gingen leider beidseitig belastet auseinander. Was bleibt, an inneren und äußeren Blickerlebnissen, war gut und wichtig! –
Eigentlich hatten wir uns vorgenommen, nur noch enge Kreise im Umfeld zu ziehen – aber der „Spanisch lernende" wollte es wissen. Nun weiß mein Mann, was er noch nicht kann …
„SEAMOS TOLERANTES PORQUE NADIE ES PE(R)FECTO" ... originelle Kachelgestaltung aus der kulturtoleranten Stadt CORDOBA!
Ich grüße und umarme Sie sehre – in Beglückung! Die Raeuberin

9. 3. 04

„Es ist gut
keinen verderben zu lassen,
auch nicht sich selbst.
Jeden mit Glück zu erfüllen
auch sich,
das ist gut."
B. B.
(von dir an mich – vor Zeiten)

Ich gehe, liebe A., davon aus, dass du es dir wieder gut gehen lässt – deine „Engelchen" und dich genießen kannst ...
Hast du bei deinem „Dasein" auch gespürt, dass ich, trotz aller Überlagerungen von traurigen Ereignissen und Nachrichten in unserem nahen Umfeld, sehr zu unseren Erlebnissen hingedacht habe?
Unsere zwei Welten versuchten sich für einen kurzen Zeitabschnitt zu begegnen wie die tolerante spanische Kulturgeschichte.
Ich gehe davon aus, dass jeder auf seine Weise viel Gutes und Bleibendes in sich bewahren kann und im dankbaren Erinnern bleibt.
Hab nochmals Dank für alles Tun – für die großzügige Gastfreundschaft in der „Casa Paula". – Ich hoffe sehr, dass du nun wieder gelöst bei warmen Temperaturen in die wunderschöne blühende Terrasse – in deinen gewohnten Tagesablauf sowie in das duftende Badewasser eintauchen kannst ...

Deine Freunde werden sicher (wie ich) noch im Nachhinein von dem bezaubernden Abend in der „Casa Paula" schwärmen ... „Flambierte Feigen oder Kaffee? – O ja, bitte beides."! Die Lammkeule war leider auch eine schöne Sünde! Und überhaupt ... ich hoffe, dass es bei mir noch ein gestalterisches Nachklingen geben kann. – Hast du dir mein Bildgeschenk „SONNENGESANG" schon rangeholt – es aufhängen können?
Die Unterbrechung meiner Zeilen an dich, liebes Weib, wurde durch die Erschütterung des 11. 3. in Spanien ausgelöst und ich gehe nun mit neuen Befragungen nach unserer Erlebnisreise um ...
Für heute fühle dich lieb gegrüßt und umarmt! Herzlich Rosi

12. 4. '04

Ein spätes Osterei – liebe G. – rolle ich zu dir, mit lieben Grüßen an dich und deinen Mann.
Wie hatte ich gehofft und durch zwei angedachte Termine auch geglaubt, mich dem „Weißen Haus" noch nähern zu können ...
Plötzlich – unvorbereitet „erlag" ich einem ungewöhnlichen Infekt, der sich bis jetzt noch nicht endgültig verabschiedet hat.
Eine schwierige Zahnbehandlung sehe ich als Auslöser. Der stark erkältete Zahnarzt behandelte mich 1 ½ Stunden, und ich litt unter offenen Wunden ...
Noch nie ließ ich mich über eigene Schwächen aus – nun ist aber Schluss!
Du Liebe, oft habe ich dich und deine künstlerische Tätigkeit eingekreist im Erwarten einer Begegnung im Arbeitsmilieu.
Nun wird es sicher planmäßig übergeben worden sein?
Fühle dich beglückwünscht zu solch bleibenden Leistungen. –
Solltest du Zeit – Raum und ein Bedürfnis haben, wieder einmal auf dem „Wilischblick" einzukehren, würde ich mich seeehre freuen.
Aufnahmen von deinem „Geschaffenen" würden mir sicher auch wieder helfen, eine positive Unruhe zum eigenen Tun herauszukitzeln ...
Ich bin und bleibe im guten Erinnern – mit dem Wunsch einer baldigen Wiederbegegnung.
Ab 9. Mai habe ich vor – für eine reichliche Woche – wieder einmal ins „Aachener Land" einzutauchen.
Gewachsene, treue – liebe Freunde rufen, und außerdem wartet eine Holzskulptur auf mich, die, im Tausch einer Handzeichnung von mir, heimgeführt werden möchte. –
Der zögernd-kommende Frühling gibt mir Hoffnung und Raum ... auch die Seele ruft nach Wärme und Licht – gelle?
Mit Umarmung - im Hindenken Rosi

24. 4. 04

Lieber R. – hiermit die gewünschte Anschrift von J. J.
Diese „Bruder-Adresse" sowie deine Formulierung: „Sicher hat er Probleme", - nehme ich scheinbar nun zum Anlass, um mit dir ins Zwiegespräch zu kommen.

Diese für mich so unerwartete Konfrontation mit der Vergangenheit, lieber R., mit deinem fragend-ungläubigen Blick, als ich dich, in meiner Hilflosigkeit, um deinen Namen fragen musste, ließ in mir eine tiefe Nachdenklichkeit zurück ...
Nach 50 Jahren spürte ich, wie die verborgenen Schichten meiner „Börnchen-Vergangenheit" berührt wurden. –
In der Schwere der „Querner-Erde" fühlte ich mich, mit meinen unerfüllten Querner-Mal-Wünschen" sowie mit all den schmerzlichen Erinnerungen eingebunden. Verdrängtes will nun hinterfragt werden – diese leise Berührung ließ ein Aufbrechen zu ...
Warum sind nur Naturerlebnisse, im Alleingang, in mir als große Kostbarkeiten geblieben? Warum nahm ich nicht bewusst nahe Menschen wahr, obwohl ich mich danach sehnte? Konnte meine Suche – das zaghafte Hoffen nach ehrlichen Freundschaften nicht erlebbar werden, weil ich ein Flüchtlingskind war?
Erst jetzt ist mir auch bewusst geworden, dass ich selbst keine Beziehung zu mir hatte – mich nicht annehmen konnte! Diese persönliche Unsicherheit, die mich ausfüllte, ließ keinen Glauben an mich, an Aufmerksamkeiten und Zuwendungen in mir hoffnungsvoll keimen.
Weiterhin gehe ich einen Weg der ständigen Suche ...
Einen Zugang zu meinem Zentrum zu finden, versuche ich in meiner momentanen „Bildsprache" – versuche, mir selbst eine Antwort zu geben.

Vielleicht, lieber R., haben wir eine Möglichkeit, im September vor einigen meiner Arbeiten das „abgebrochene Gespräch" fortzuführen?
Sehr herzlich Rosemarie R. – mit Grüßen von meinem Mann

P. S. Sehr hoffe ich, dass du mit meinem Vertrauen umgehen kannst.

Im Juni '04

Zu Ihnen, liebe Familie T., die besten Grüße – mit Dank im „Rundum" – nach Börnchen. Sicher haben Sie auch wieder die große „Schönfelder-Ausstellung" erfolgreich bewältigt?!

Wir haben mit guten Wünschen zu Ihnen hingedacht, gingen im Rückblick noch mit der erlebten „K.-Ausstellung" um.

In „Bild & Ton", verehrter Herr Dr. T., begleiten Sie uns nochmals im Vorspann der „Querner-Eröffnungs-Ausstellung". – Danke!! Was Sie da – in Gemeinsamkeit – Großes geleistet haben, ist wirklich in keiner Weise nachvollziehbar.

Sicher ist Ihnen aber, aus einem vielschichtigen Umfeld, die angemessene Ehre zuteil geworden. –

Für mich musste ich daneben eine tiefe Erschütterung wahrnehmen, wie mich in dieser „Bildwelt" die Vergangenheit einholte – von mir Besitz ergriff. Diese frühen unerfüllten Mal-Wünsche, Hoffnungen und Sehnsüchte brachen auf und gingen ein in diese schwere, dunkle „Querner-Erde". Nur ein einziger, heimlicher Zirkelabend für die Börnchener Rosel – von 16 Jahren - beim verehrten Meister, war fürs spätere Wollen bestimmend ... Fünfzig Jahre begleitete mich diese Suche nach Aufarbeitung – nach einer mir möglichen Bildsprache!

Hier nun wieder angekommen, darf ich mich, mit Ihrer Unterstützung, liebe Frau T., mit einem „bildnerischen Lebenslauf" in meinem wieder angenommenen Umfeld präsentieren.
Aufregend und beglückend zugleich ...
Ihren Wunsch zu einer Kurzbegegnung bei Ihnen nehmen wir gern an und ich habe nun die Möglichkeit, dem Kalender einige Vorschlagstermine abzuringen. Eine erste Chance, auch Ihnen die oft angekündigte biografische Mappe in die Hände legen zu können.

Sie geben uns freundlicherweise ein Zeichen?

Herzlichst Ihre Rosemarie R.

P. S. Schön Ihr nobler, liebevoller Querner-Kartengruß mit „Jeltsch-Rosel-Porträt" – danke!

im Juli '04
mit wieviel Schulden
auf dem Buckel,
Du Liebe, ich
rumlaufe...
oder
wolltest Du
mir bewußt
ein schlechtes
Gewissen
anhängen?
Ich klage
nicht, meine
liebe G.,
wenn ich
weiterhin
nur feststelle,
daß ich
nach Festpunkten-
nach selbstbestimmten
Zeitabläufen hingehe.
Wie oft meine
schwerwiegenden Worte:
„Laßt mir etwas Luft
und Raum, damit, nach
Begegnungen, Sehnsucht in mir
wachsen kann!"
Mit dem Wunsch, drei Tage Torgau,
werde ich mir ein Durchatmen
ermöglichen.
Es gab kleine Kunsterlebnisse im
Raum Dresden, sowie die große
„Buttner-Ehrung" im bescheidenen,
heimatlichen Possendorf. Mich
drückt nun mein Vorhaben, vor Ort,
mich mit Arbeiten (von 50 Jahren)
zu stellen. -
Vom Anfangen, zu den umfang-
reichen Vorbereitungen,
träume ich nur...
Porträt G.

zum 1. 8. '04

Du liebe, nahe „Vertraute – Ferne", meine Gedanken und guten Wünsche sollen dich – in Herzlichkeit – zum 1. August erreichen. Sollen dir, liebe K., sagen, dass auch weiterhin unsere inneren Fäden verwoben sind ...
Wie oft ich dich vermisse – unser Miteinander in Gesprächen, Begegnungen – im künstlerischen Tun.
An unserem Tag erhebe ich traditionsgemäß ein Glas Wein! Trinke auf eure „gelebte Gemeinsamkeit" – auf euer gastfreundliches Zuhause, wo ich schon kostbare Stunden erleben durfte ...
Fühle meine symbolische Umarmung!
Liebe Grüße auch an F. von uns – dem „Raeuber-Doppelpack" -
deine „Auch-Ziege", Rosi

August 2004

Liebe L, Ihnen fehlte doch ein Stück Brief ... peinlichst! Hektik oder Alter? ... Morgen werden wir einmal in die Finissage von „EUROPA konkret"-TU eintauchen.
Ein unangenehmes Gefühl hinterließ bei mir die Ausstellung „Akt" von V. Rilin in der Galerie bzw. „Kunsthalle T 3".
Einfach flach für mich – schrecklich!
Selten, dass ich mit dieser Absolutheit etwas formuliere ...
Sie Liebe, aus Portugal wieder zurück? War es eine gute, kulturelle Reise?
In unseren Räumen (Gäste bezeichnen es als Urlaubsort) war es wieder sehr, sehr lebendig.
Habe Mühe, Besucher und Gespräche auseinander zuhalten – ha, ha!
Wir aber tauchen z. Z. auch in die verschiedensten Unternehmungen ein.
Die Jungpflanzen im Garten, sowie das lebendige Pflänzchen L. beanspruchen ebenso eine intensive Pflege und Zuwendung ...
So bleiben wir jung ...
Mit einer dicken, festen, fernen Umarmung
bleibe ich Ihre Raeuberin
P. S.: Für den 22. 8. haben wir die Reise „MoMA-Reise/Berlin" gebucht – man darf gespannt sein.

Im August '04

Liebe Poetin, „Scherbennacht" und weitere berührende Arbeiten von dir gehen in mir um. Worte zu finden, liebe J., zu deinen Gedichten, vereint im Lyrikbändchen, sind eigentlich nicht möglich. Für mich (auf Seite 35) nun eine Vertrautheit – ein Erkennendes – ein beglückendes Wiederfinden!

„So verschmelzen sich –
verlieben sich
die Gefühle in mir ..."

Hab Dank, du Liebe, für dein Buchgeschenk – für diese Bereicherung, die uns glücklich macht. –
Immer wieder erreicht mich dein bildhaftes Wortgefüge – die Wortgewalt als „Festgedrehtes – Unzerreißbares" oder als ein Gespinst „durchsichtig-verletzlich".

Es erreicht mich zutiefst! Hast du, Liebe, bei deinem „Lousberg-Auftritt" gute, lebendige Gespräche haben können? Gedanklich habe ich mit dir gesprochen, zu dir hingedacht.
Es grüßt dich innigst – deinen A. und alle, die im Erinnern sind,
Rosi

Im August '04

Liebe St., gute Erinnerungen – deine versuchten Anrufe gehen noch in mir um! Hab Dank dafür.
Nimm in Herzlichkeit auch meine guten Wünsche an und fühle dich umarmt. Genieße deinen Tag – die Ferienzeit mit all deinen Lieben.
Meine kleine Aufmerksamkeit, als „fotografische Porträtstudie" zu deiner kostbaren Arbeit, soll dich mit lieben Gedanken – in Ferne – erreichen. Durch das Entdecken der Momente des Lichteinfalls auf deine verschmolzenen Körper (Jugend/Alter) erschloss sich für mich noch einmal deine dramatische Holz-Skulpturarbeit.

Kann die Bildhauerin mit meiner METAMORPHOSE umgehen?
In herzlicher Verbundenheit – mit Dank nochmals für die kostbare Buchgabe
Rosi & H.

Im herzlichen Hindenken
grüßt Euch
mit Umarmung –
mit allen
guten Wünschen,
liebe J., lieber K.,
für diese kostbare
„Eltern-Urlaubszeit“ –
Eure Fösi

6. 9. ’04

Im Glücklichsein – in Dankbarkeit grüße ich Euch – Ihr Lieben – mit diesen zwei Kopien meiner „Weißig-Skizzen“, die für mich wieder einen schöpferischen Anfang vor der Natur bedeuten. Ihr habt für mich wieder - mit Eurer Hingabe für Gemeinsamkeiten – eine warmherzige Haltung erlebbar gemacht. Danke!

27. 09. '04

Verehrte Frau B.,
wie ich Ihnen bei der Ausstellungseröffnung von Frau I. Keller am 29. 5. versprochen habe, nun in Herzlichkeit meine Einladung zum Thema „ZEIT-ZEICHEN" in Possendorf. –
Über eine persönliche Begegnung, zur Eröffnung oder an einem Sonntag, würde ich mich freuen. –
Haben Sie schon eine Klärung mit Ihren Mitgliedern des Kultur- & Kunstvereins herbeiführen können, ob eine Ausstellung in Ihren Räumen ab dem Jahr '06 für mich möglich wäre?
Für ein positives Zeichen wäre ich Ihnen dankbar.
Fühlen Sie sich herzlich gegrüßt!
Mit Dank – für Ihr Entgegenkommen
Ihre Rosemarie Raeuber

Im Oktober '04

Beglückend haben Sie, liebe Frau R. T., aus den vielschichtigen Steinen Ihr geschlossenes Wortgefüge gebaut. Danke!

Sie haben auch unseren Gästen Eintritt gewährt in eine Zeitspanne vom Wollen und Werden.

Durch diese Ihre einfühlsame, gedankliche Begleitung der frühen „Jeltsch-Rosel" bis zu diesem Heute unserer Begegnung spannten Sie einen Brückenbogen, über den die Ausstellungsbesucher gehen konnten.

Die „Börnchener Turmuhr", ein Zeit-Zeichen für viele Jahre mein damaliges Gegenüber, schlägt nicht mehr – hatte ihre Zeit und ich meine Zeiten.

Die „Börnchener Erde" hab ich wieder, ließ sie einfließen in die Erinnerung nach einer langen Reise ...

Im November '04

Du Liebe – Vertraute – du Ferne …

Einige kurze Worte sollen dich mit lieben Grüßen erreichen. –

Du bist zu Hause wieder eingekehrt – hast deine Kätzchen wieder?! Haben sie dein Fernbleiben gut verkraftet und für deinen nächsten Besuch bei Rosi auch geübt, einmal auf deine Fürsorge zu verzichten?

Hast du deine Tage mit Freundin genießen können? Wir – meine Freundin U. und ich – wollen es schaffen, für zwei Tage einmal unser nahes Elbsandsteingebirge zu besteigen … Wetter soll mies werden!!

Aber, liebe V., wir wissen ja auch um die kostbaren kurzen und intensiven Naturerlebnisse, gelle?

Ohne Übergang hat nun der Winter einen Schauer mit -4 Grad C und ein paar Schneeflocken über das beginnend herbstliche Blühen gebracht – traurig! Mein morgendlicher Gang zu deinem letzten Röschen (siehe Foto) gab Hoffnung …

Nun sollen dich – lieber „Blondschopf" – endlich erlebte Erinnerungen – Infos und die versprochene „Verkettung" – mit lieben Gedanken erreichen.-

Eine feste Umarmung – Rosi.

P. S. Grüße bitte alle vertrauten Weibsen, vor allem deine D.

Lieber G.

Du drängst mich
unerwartet in eine
ungewöhnliche
Situation …
Werde versuchen, auf
Deine Bitte hin, zu
einigen Deiner Gedichte
Gedanken zu artikulieren.

Mit guten Wünschen
für Erfolg
lasse Dich, in Deiner
Poesiewelt, grüßen. –
Rosi

im November 04

Zu einigen Deiner Gedichte meine Empfindungen:

A. RICHTER
„Überfahrt über die Elbe am Schreckenstein bei Aussig"

Nach meiner Auffassung lässt Du zu viel Bildbeschreibung zu.

B. MONET
„Trauerweide"

Eine Ekstase im Erlöschen –
Dieses Spannungsfeld ist
ergreifend für mich

V. v. GOGH
„Früchtestillleben"

Dieses Erfassen von Farben –
Umgesetzt in den verzweifelten Zustand
des Schöpfers ...

U. ROTHKO
„Gemälde"

Wie Du Wand um Wand verschiebst,
um zu Tizian zu kommen,
bin ich begeistert.

C. QUERNER
„Einsames Haus"

bewegt mich – lässt auch all die
anderen „Dorfbilder" von Dir
gefühlsmäßig in mir entstehen ...

W. FÖRSTER
„Großer trauernder Mann"

Oft stand ich erschüttert davor,
was Du in Worten lebendig
werden lässt.

R. ROHN
„Orangerie Wiepersdorf"
und seine anderen Werke vermochten
Dich wohl in deiner Gefühlswelt
zu treffen?

R. ESTES
„Café Express"
Du sagst alles – hier, wie bei vielen
Gedichten brauchst Du kein Bild zur
Gegenüberstellung!

CH. SOMMER-LANDGRAF
„Strahlen in Blau"
lösten in Dir keinen Beifall aus. –
Wissend um den Werdegang der
Künstlerin als Bildhauerin – als
Mutter von vier Kindern – als
eine späte - Moderne der
Computer-Grafik,
die allen Zufälligkeiten, von oftmaligen
Spielereien der jungen Generation,
ein Maß von geistigem Anspruch entgegen-
setzen möchte.
Da gibt es in vielen Arbeiten, die ich kenne,
Freiräume für Gefühle ...

Hänichen, 15. 1. ’05

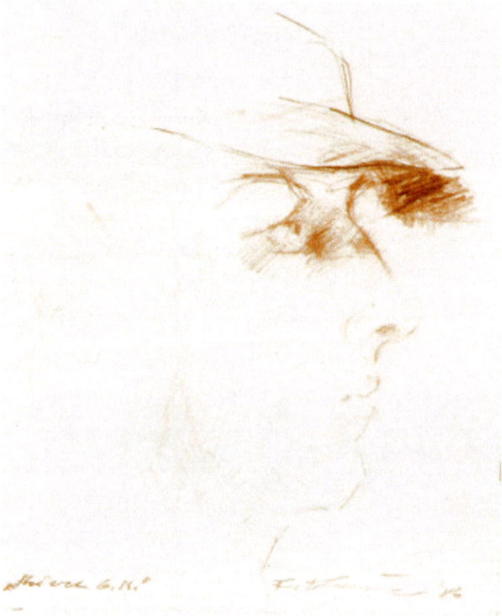

In Freude bin ich, liebes Ehepaar T., dass die Video-Aufnahmen schon in der „Raeuber-Höhle“ angekommen sind und grüße ganz lieb nach Börnchen zu Ihnen hin.
Für all die Mühen sowie die schnelle Serviceleistung meinen großen Dank. Ihr freundliches Angebot, verehrter Herr Dr. T., sich dieser Aufgabe zu stellen – Ihre so persönliche Umsetzung hat mich erfreut. Bei der Betrachtung Ihrer Filmarbeit haben Sie sicher ebenfalls ein gutes Gefühl? Gespannt bin ich auch, ob der spontan entstandene Hüllenentwurf Ihren Zuspruch finden wird.
In Herzlichkeit – der weibliche Raeuber

„Lied an den Mond"...

Mein Gruß an Sie

und Ihre liebe Frau –

in diesem – Ihrem Werk,
verehrter Künstler B. Sch.,
welch Innigkeit.
Bin verwoben, nun spät
mit meinen kindlichen
Sehnsüchten, mit dieser
schlichten Anbetung.
danke!
Herzlich – Ihre Rosemarie F.

„Porträt Chr. G."

Im Februar '05

U., meine liebe Freundin, ein Konzert sollte es sein, unsere Geschenk-Idee! Nun wird dich meine frühe Arbeit als „Bild-Erinnerung" grüßen – dir von unseren wunderbaren Gemeinsamkeiten in der Porzellansammlung erzählen ...
Lasse dich symbolisch an deinem Wiegenfest umarmen – dir alles erdenklich Liebe und Gute wünschen.
Genieße deinen erneuten Aufbruch in deiner schöpferischen Formensprache und halte auch weiterhin dein SEIN in festen, formenden Händen ...
Mit ganz lieben Gedanken und Gruß von H.
Deine Freundin Rosi

5. 2. 05

Liebes L.-Weib, der Raeuber-Doppelpack war vor Ort im „KUNST-RAUM MEDINGEN zur FARBE GRÜN und ich Ihnen und den vertrauten Arbeiten nahe. Eine großartige Schau – Glückwunsch, Sie Liebe.
Fast alles GRÜN konnte in diesen Räumen atmen. Ihre KUNSTFAHNE allerdings (so meine Meinung) hätte ihre Breite ausleben und beanspruchen müssen. Wie gern wäre ich auf diesem schönen, geräumigen Dachboden auf dieses wehende Kunstwerk zugelaufen – um es in seiner Gesamtheit erfassen zu können ...
„Die Konzeption sei so vorgesehen gewesen und außerdem ist sie verkauft ..." So, von Frau A.-R., als Galeristin, die knappen Worte zu meiner Frage.
Ja, liebes Weib, in dieser Fülle von Vertrautem holten mich Erinnerungen wieder ein – hatte die Vergangenheit ihre Sprache.

ERSTBEGEGNUNG am Laubegaster Ufer mit der Gruppe „Moderne Kunst" bei G. L.!
Im Erwarten der Künstlerin und deren Ausführungen zu unseren geplanten Befragungen. Voller Spannungen, eingepresst in ein zu enges Atelier, fühlte ich eine Verunsicherung in der allgemeinen Erwartung auf die Bildwelt. Unerwartet stiegen plötzlich, zwischen uns – über die gestapelten Mappen lange Beine – trafen uns wache, flinke Augen, die scheinbar die Situation sicher erfassten ...
Ein Rollenspiel nahm seinen Lauf – Sie stellten die Fragen!
Beeindruckt spürte ich das Bedürfnis in dem Kreis der „Sicheren" untertauchen zu müssen. Fühlte mich auch gefangen genommen von den umgebenden Arbeiten – den gehauenen Pinselschlägen in dem herbstlichen Modder des Elbhanges ...
Sie legten, in einer Schnelligkeit (wo ein Erfassen nicht möglich wurde) zeichnerische Blätter vor, wo dann zu meiner eigenen Überraschung mein Zwischenruf „Moment bitte, wo laufen diese Linien hin – wo ist das erzählende Moment?" kam. Sie verharrten. Ein Aufblitzen Ihrer Augen und dann die logische Antwort: „Weil L. das eben so macht ...".
Beim Verabschieden dann Ihre Worte: „Sie können jederzeit wieder vorbeikommen". Ich wusste noch nicht, ob ich dies Angebot annehmen würde. Der Zufall aber spielte sein Spiel! – Herr R. hatte für unsere erworbene Arbeit den Scheck nicht richtig ausgefüllt – peinlich!
Malerin L. kam auf uns zu ... So ergab sich ein Anfang und ich stolperte in eine neue, bewegte Zeit – in eine Bild- & Empfindungswelt, die Spuren

hinterlassen hat. Wie mich, in Dankbarkeit, so viele Kostbarkeiten umgeben – und ihre Sprache haben ...
Ja, und eben auch dieser „Elbhang" als „Dauerleihgabe" – wie Sie es nannten – mit dem Beisatz: „Da liegt noch ein Dampfer drunter – war ein Versuch!"
Ich sage: "Er ist unter dem warmen, weichen Modder versunken, wie ich!"
Ich umarme Sie – mit Dank nochmals für den schönen „Zug-Brief" und den Lockruf zur FARBE GRÜN.
Ihre Raeuberin

Hänichen, am 13. 2. '05

„In jedem Winter
steckt ein zitternder
Frühling
und hinter dem
Schleier jeder Nacht
Verbirgt sich ein
lachender Morgen."
(Khalil Gibran)

Du Liebe, mit Freude habe ich die symbolische Umarmung, die dich durch mein „Urenergie-Bild" aufgenommen hat, gedanklich auch bis zu mir fließen lassen ...
Beglückend, liebe H., deine bildgewordenen Worte, womit du mehr in mir auslöst als ich zu hoffen wage, dass etwas Geschaffenes – aus mir Geborenes, ein Stück gelebte Empfindung werden kann. –

23. 2. 05

Sehr gefreut hebe ich mich, liebe J., von dir so persönliche Worte vorgefunden zu haben – danke.
Berührend auch, dass du trotz allem vielfältigen „Wollen und Tun" tiefen Anteil an unserem „Tochter-Enkelkind-Problem" genommen hast.
Dir nun, du Liebe, diese hoffnungsvolle Nachricht, dass wir über eine zaghafte Annäherung dankbar sein können. –
Im Hoffen und Wünschen sind wir auch, dass Verunsicherungen unserer Enkeltochter F., nach sieben quälenden Jahren, sich in einem wachsenden Vertrauen auflösen können.
Möge sie auch eine Fähigkeit entwickeln, sich verständnisvoll dem Partner ihrer Mutter S. zu nähern, damit in ihr ein Gefühl vom Angenommensein Raum einnehmen kann.
Dir, liebe J., wünsche ich für deine großen, schönen Vorhaben (die Kinder betreffend) viel Freude und vor allem weiterhin Kraft. Bleibe auch deinem „Malkurs" und vor allem dir mit all deinen Fähigkeiten treu, damit du für dich weiterhin eine wichtige Bestätigung haben kannst. –
Wichtig auch, wie dich dein E. ermutigend begleitet. Fühlt euch – in eurer Gemeinsamkeit – herzlich gegrüßt
von eurer nahen-fernen
Rosi

Ostern '05

Lasst euch, ihr lieben Weibsen, viel Sonnenschein und Wärme innen und außen wünschen. –
Genießt diese – eure Zeit in Gemeinsamkeit. Lasst auch Sehnsucht zu!
Dir, mein C., wünsche ich von Herzen, dass du eine gesunde Gelassenheit empfinden kannst – eine Balance auch die eine Teilnahme an belastenden Befindlichkeiten naher Menschen nicht ausschließt ...
Lasse alles, was mit dir zu tun hat, zu, dann werden dich sicher wieder „gesunde Träume" umgeben. –
Ich träume von eurer Wiederkehr!!
Ganz herzlich – Mutti/Fr./Omi sowie Papi/Opi vom Wilischblick.

Dein Lied auf dem Anrufbeantworter – unsere liebe L., hat viel Freude bereitet ...
„Lebt denn der alte Schneemichel noch – ja, er lebt, er lebt!"

P. S.: Wir rollen, mit lieben Gedanken, unser „Englisches Osterei" zu euch an die Ostsee, Ihr Lieben!
Wann gibt es nochmals so eine Nähe und Zeit zum gemeinsamen Hexen für euch?

Frühjahr '05

Mein Denken an euch …

Noch sind die Frühjahrstage lang – unsere räumliche Entfernung kurz – meine „Schnecke der Erinnerung" langsam und meine wiederholten Rufe an euch gingen am Wochenende ins Leere!

Groß aber, liebe S., war meine Freude über die bildhaften und erzählerischen Grüße – danke!

Zu eurem „Rundum-Zuhause" – deinem erfolgreichen Kursabschluss mit Charakter-Durchstehvermögen herzlichen Glückwunsch!

Liebe F., gibt es dich auch noch – haben dich unsere „Burg-Bildgrüße" erreicht und etwas Freude und Erinnerung hervorgerufen? Durch Muttis Briefbericht erfuhren wir, dass Ihr zwei Weibsen zum „Puhdy-Konzert" gewesen seid – schön!

Ihr habt einen Ferienwunsch! Mit unserem Kalender haben wir gesprochen und für dein Dasein, liebe F., einen zusammenhängenden Termin gefunden. Wir hoffen, dass wir dir damit zu deinem Geburtstag Freude bereiten können und du die symbolische Umarmung für den 9. 8. bis 22. 8. annehmen kannst.

Lasse dir herzlich gratulieren und dir gute Erlebnisse wünschen. Nimm deinen Tag fröhlich und dankbar an und lasse in dir hoffnungsvolle Zukunftswünsche wachsen …

Gedanklich sind wir an deinem Tag bei dir – bei euch mit Grüßen, auch bis zum Wiederhören – oder, oder?

Mit lieben Gedanken –

deine Omi & dein Opi vom Wilischblick

Als Muster für eine
gemeinsame Stiftung!

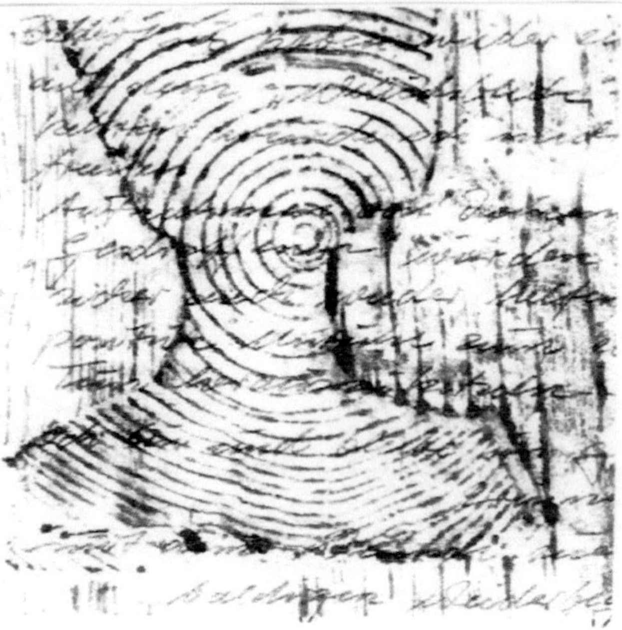

Entwurf I
Frottage auf Seidenpapier
Ein handschriftlicher
Auszugstext von
Ihnen, verehrter Herr Th.,
wäre ein Unterlegen als
Gestaltungsmoment
möglich. –
Freundliche Grüße R.

Im April '05
„... jetzt war er wohl beim Haus der Kindheit,
jetzt unter seinem Fenster."

Liebe H., lieber P.,
jetzt bin ich mit ganz lieben Grüßen gedanklich bei euch.
Auf diesem Wege nochmals großen Dank für die noblen Briefsendungen (einschließlich der „Schularbeiten"). Im Hoffen bin ich, dass aus unserem gemeinsamen Anliegen eine annehmbare Gestaltungslösung erwachsen kann. –
Deine kostbare Buchsendung, lieber P., war mir eine große Freude – eine Überraschung auch, dass dies Bändchen zu uns gehören soll ...
Für mich persönlich ist dies auch ein Brückenschlag, der in mir tief ein Stück Kindheit berührt. Danke!
Im Lesen fühle ich mich oft an die Hand genommen, lausche fast vergessenen Geräuschen nach – hänge am Ende des Leiterwagens. In Nasenhöhe der Duft des frischgemähten Grases – erschrecke auch wiederholt über das Poltern des überdrehten Rollenkastens - „da senkte sich eine mit großen Steinen beschwerte Kiste ..." – erlebe ich auch das Eintauchen in Tiefen, wo meine Suche vom Finden noch nicht abgelöst wird ...
Sei sehr beglückwünscht, lieber P., zu deiner tief empfundenen, erzählerischen Bildwelt in deiner Aufarbeitung – in deinem Buch.
„Aber die Fichte wird nicht eine Tanne, wenn man sie verpflanzt, er bleibt, der er war."
Viele Entwurzelungen und Stationen begleiteten auch mein Dasein. –
Ein Schwebezustand im ständigen Versuch, sich zu finden, möchte ich in meinen bildkünstlerischen FOTO-GRAFIK-Arbeiten ausdrücken. Glücklich wäre ich, wenn es mir einmal gelingen würde!
In deiner Arbeit, lieber P., ist für mich diese erschütternde gedankliche Verknüpfung von emotionaler Betrachtungsweise der verschiedenen Zeitebenen ein offenes Bekenntnis. Eine Herausforderung sicher auch für deine Leser zur eigenen Befragung ...
Du gibst Auskunft – gibst Hoffnung in deiner Aufarbeitung vom Erlebten – Gehörten – Gesehenen!
„Wenn es einer Symbolfigur bedürfte für dieses Jahrhundert, dann ist es die leidende Frau, die Mutter, die auf dieser Erde kniet, in sie hineinhorcht, diese teilt, ein Teil dieser Erde ist."

... und, lieber P., diese Worte für eine große, schlichte Kämpferin – für ihre errungene, künstlerische Ausdrucksform!
In Dankbarkeit – in Vorfreude auf eine Gesprächs-Wiederbegegnung
grüßt herzlich
eure Rosemarie

Im Mai '05

Treue Freundin, liebe H.,
fühle dich innigst zu deinem Wiegenfest umarmt.
Wissend, dass wir uns im September begegnen werden, gibt es auch ein hoffnungsvolles Hindenken ...
Lasse es dir, mit allen lieben, nahen Menschen, gut gehen und genieße dies Beisammensein.
Sehr freue ich mich mit dir über deine neuen Arbeitsmöglichkeiten – über diese Entspannung, die dich begleiten kann. –
An deinem Ehrentag werde ich erstmalig, für 8 Tage, unser Zuhause verlassen, damit im Lausitzer Land die Seele meine Hand wieder zum Zeichnen führen kann ... Mein Hoffen!
Du Liebe, sehr habe ich das Bedürfnis, dir ein für mich bewegendes Erlebnis weiter zu geben:
Am 28. 4. '05 begingen wir unsere „3-Jährige Wiederkehr"! An diesem Tag, beim Gießen der von uns gehüteten – gepflanzten Sprösslinge, vernahm ich ein ungewohntes Rauschen. Zwei zurückgekehrte Störche kreisten dreimal auf die gleiche Weise, wie im Herbst bei ihrer Verabschiedung, über mir – ließen Beglückung und Erregung zurück!
Im unfreiwilligen Eintauchen, vor Jahren, in meine Geburtsheimat Beuthen, gab es ebenfalls eine Begegnung – eine Symbolik?
Bewegend für mich war auch die ungewöhnliche Verabschiedung von Aachen, die sich mit dem Film über die „Wildgänse" vollzog. Eingeprägt hat sich in mir und in einer Gestaltungsserie verdichtet der Filmausspruch: „Das Versprechen der Wiederkehr".
Verleihe auch dir – deiner Energie – deinem Sein weiterhin Flügel ...
Im lieben Hindenken - mit Grüßen von H. - deine Rosi

20. 06. '05

Zuerst möchte ich, verehrter Herr Dr. D., lieber Freund, und Ihrer Frau in diesen Neubeginn alle guten Wünsche senden. –

Es gibt nun eine absehbare Zeit für Sie „Beide" – für uns ...

Umbruch – bewegte Zeit, ja – aber bitte erhalten Sie sich weiterhin Ihre Geduld – Ihre neue Erfahrung.

Wie wir nach jeder guten Nachricht durchatmen!

Diese mehrmalige Verlegung Ihrer Frau könnten Sie auch als ein positives Zeichen annehmen, wissend auch, dass die schwerkranken Patienten diesen Platz einnehmen müssen und Ihre liebe Frau - Gott sei Dank – auf diesen schon verzichten kann ...

Bitte übermitteln Sie ihr, dass wir glücklich und dankbar sind über die gut überstandene OP.

Sollte von Ihnen gemeinsam der Wunsch bestehen, dass wir zu gegebener Zeit einmal in der Reha vorbeischauen könnten, geben Sie bitte ein Zeichen.

Seit Tagen wissen wir um einen nahen, guten Freund, der Nähe und Fürbitte nötig haben wird. Eine groß-angelegte OP, die das Herz stabilisieren muss und gleichzeitig der notwendige Eingriff – weil Lungenkrebs!

Wir können nur sehr hoffen.

Ihnen - bei jeder Begegnung - ein dankbares Miteinander sowie ein weiterhin starker Wille zur baldigen Gesundung.

In Herzlichkeit –

mit Umarmung - im Hindenken

der weibliche Raeuber - mit Grüßen von meinem Mann

15. 7. '05

Im Hindenken – mit guten Wünschen grüße ich Sie, verehrter und lieber Herr Dr. T., auch im Namen meines Mannes, an Ihrem Ehrentag. Möge Ihnen – den geförderten Künstlern gleichermaßen – weiterhin Freude und Erfolg im

künstlerischen Tun erwachsen. Glückwunsch zu Ihrem immer persönlichen Einsatz, den Ihre liebe Frau unterstützend sowie emotional mitträgt.
Bleiben Sie gesund – munter, unternehmungsfreudig, bleiben Sie auch manchmal in Börnchen zu Hause ...
Herzlich – mit lieben Grüßen – auch an Ihre Frau

Ihre Rosemarie Raeuber

16. 7. '05

Wieder ein Wochenende, liebe Frau W. D., wo Sie ihr schönes Zuhause aufnimmt. Ihre Männer in froher Erwartung sein werden! Vertrautheit wieder erlebt werden kann! Wir freuen uns mit Ihnen, dass es bald ein endgültiges Eintauchen geben wird. Wir erfahren sicher, für wann der Zeitpunkt Ihrer Heimkehr angedacht ist? Die Raeuber reisen vom 27. 7. – 8. 8. gen Aachen, um gewachsenen Freunden wieder einmal nahe zu sein.
Wir denken zu Ihnen hin – grüßen Sie und Ihre Männer auf's Herzlichste.
Ihre Rosemarie Raeuber sowie mein Mann

Juli/August '05

Liebes L.-Weib, die Raeuberin ist heimgekehrt und fand beglückt Ihren „Kunst-Geburtstags-Gruß" vor. Danke, danke!
Wir haben uns 10 Tage in Aachen rumgetrieben, weil dringende Rufe, auch von 5 Geburtstagskindern, ausgesandt wurden. Also fand sich ein „Löwenrudel" zusammen zu einer beglückenden Begegnung! Nicht „alles" war möglich und machbar, obwohl sich H.s und meine Wege auch manchmal trennen mussten. Begegnung mit der Landschaft durfte auch nicht fehlen, da sie ja in mir – im Dasein – eine neue Sehweise und Erlebniswelt provoziert hatte ...
Geschafft haben wir auch, Kunst- und Kultureindrücke wahrzunehmen. Mein zweiter Besuch (diesmal mit einer Aachener Freundin) galt der „Stiftung Insel Hombroich" in der Nähe von Düsseldorf. Ein gutes Erlebnis! Kennen Sie es mit all seinen Museen?
„Foundation Peter P. J. Hodiamont, Baelen/Belgien" war für uns (mit Freunden) auch ein wichtiges Ziel, da der Maler vor einem halben Jahr verstorben war. Schon länger leidend, aber weiterhin schaffend, aufmüpfig und streitbar war er mir bei meinen Ausstellungseröffnungen (wenn auch mit Mühen) immer ein treuer, anregender Begleiter. Wir konnten uns „am Grab im eigenen Kunstgarten" verneigen ...
Verwandtschaft in Gummersbach meldete Rechte an, so dass wir bei der langen Heimfahrt den Bogen über Bonn schlugen, um wenigstens auch in die Kunsthalle eintauchen zu können.
Ja, wir und unsere Begegnungsreisen! Zurzeit haben wir (gleich beim Heimgang) unser großes Enkelkind in die Arme genommen. Das „Jüngste" begleiten wir am 27. 8. auf dem ersten Schulweg, und am 28. 8. hat uns, für 14 Tage (nach 20 Jahren) die Ostsee als Urlauber wieder – uff !!! Skizzenbuch wird dabei sein ...
Ich grüße und umarme Sie herzlich – Ihre Raeuberin

August '05

Meine liebe P. – dein Patentantchen fühlt sich unhöflich – nicht aber untreu!
Unaufhörlich und weiterhin bin ich Bedrängnissen ausgesetzt oder empfinde es so. Lasse dir und deinem F. sagen, dass ich mich über den spät abgepflückten Geburtstagsgruß – per Antwortbeantworter – sehr freute. Mein Handy-Ruf-Versuch, von Kohlscheid, brachte mir keinen Erfolg. – Unser Aufenthalt in der Gastkellerwohnung sowie unser Auftauchen in die Umgebung ließen auch, wegen der waldreichen Grenznähe, keinen Telefunken zu ...
Mit dieser notwendigen, aber ungewollten Zeitreise in den Sommer brachten wir uns und die vielen nahen Lieben ins „AUS".
Nach unserer Rückkehr gab es keinen Zwischenraum zum Luftholen und Aufarbeiten, weil dies die einzig mögliche Chance war, F. für 14 Tage bei uns zu haben.
Bereichert für die Wochenenden hat uns auch L. sowie unsere Lieben im Rundum. Seit Wochen halten uns auch nahe Menschen mit ihrer Krankheit in Atem und Ängsten. – Mein Hoffen ist, dass all meine Lieben, die mich kennen und um meine Befindlichkeiten wissen, mir Vorwürfe ersparen. Die kurzen Resttage bis zu unserem wirklichen „Zwei-Mann-Urlaub" an der Ostsee (mit Nebenbesuch allerdings bei Verwandten in Rostock und Potsdam) rotiere ich, um noch Termine abzuarbeiten.
L.s Schuleinführung, einen Tag vor unserer Reise, will auch festlich vorbereitet werden. Du kennst das?
Seit gestern haben wir Angst, dass der Papa von L. (wie es schon bei C. war) nicht dabei sein kann. Mit dem Rad verunglückt, wartet er nun, dass nach dem Verheilen der Wunden die OP stattfinden kann.
Du Liebe, ich melde mich, wenn wir im September wieder vor Ort sind und hoffe, dass ich bis Ende des Monats die Einladungen und Plakate als Entwürfe euch gemeinsam vorstellen kann. –
Im Oktober stößt uns nochmals ein Verwandter, für 10 Tage, um!
Mit einer liebevollen Umarmung
dein Patentantchen Rosi mit Grüßen an F. – auch von H.

P. S. Wir hörten, das Buch von Onkelchen ist fertig – Glückwunsch auch euch! Hast du dich, mit deinen Aufnahmen, glücklich einbringen können?

Im August 05

„Der Kopf
hat noch seine
Bedenken,
aber das
Herz hat sich
längst freigemacht,
rennt einfach los
und springt."
(Jochen Marris)

Für mich das schönste Geschenk – eure Zuwendung für mich zum 1. August – nach sechs meiner erschütterndsten Jahre ...
Dein lieber Ruf, meine heranwachsende F. – dieser „Traumstrauß" von dir, liebe S., sowie die blumenumrankten Geburtstagsgrüße lassen in mir wieder hoffnungsvolle Gedanken wachsen. –
Fühlt euch – in Gemeinsamkeit – herzlichst bedankt und symbolisch in die Arme genommen.
Mutti Omi & Papa/Opi – mit Grüßen und einem Händedruck für U. Sch.

P. S. Deine schlummernden Sachen, liebe F., gehen per Päckchen auf die Reise.

Am Freitag, den 2. 9. '05 „Brieftagebuch-Blatt"

... der stürmisch-eisige Wind ist einem spätsommerlichen Strandtag gewichen. Reizwetter ?!
In mir eine unerklärliche Zerrissenheit – nach 5 Tagen innerlich noch nicht da?
Arbeiten, die noch auf eine Erledigung warten, wurden mitgenommen. Mein Hoffen, dass in mir Sehnsucht nach diesem Tun wachsen kann.
Es soll kein „Muss" – es soll ein „Ich will" geben. –
Lichtspiele in Kiefern – erahnende Durchblicke zum dunklen Meer – erneuernde Kindheitsgerüche der Äpfel von unserem kleinen Bäumchen daheim – weiterhin muss meine Aufmerksamkeit H. erwecken! Wie wird mir auch bewusst, dass dieses kraftvolle Rauschen der Ostsee erst mein äußeres Ohr erreicht! –
Ein bedeutsamer Artikel in der Zeitschrift „GEO" – Langeweile oder Stress: ZEITNOT – wie viel Tempo verträgt der Mensch? – berührte uns gleichermaßen. Für den heutigen Spätnachmittag wurde Regen angesagt – wir genießen die wärmende Sonne, genießen unser Dasein!
Meine Hände formen den feinen Sand zu einer Pyramide – Strukturen auch durch Licht und Schatten. Ein Aufwärtsfließen – ein Abwärtsfließen durch das Entstehen einer Kuhle, welch' Faszination der Gesetzmäßigkeiten ...
Meine Augen erleben das Bemühen der Ameisen um das Erklimmen der Höhe – das Abrutschen – die Zielsuche ...
Weiße, raupenartige Ausläufer des bewegten Meeres verlaufen sich, wiederholend, in dem weiten glänzenden Strand.
Rhythmus der Gewalten!
Mir ist, ich könnte etwas tun ... Erste skizzenhafte Gedanken zum Plakat für eine vorgesehene Ausstellung – ein Durchbruch?
Verspannte Muskeln rufen nach einer Rückenlage! Der zusammengerollte Badeanzug wird nicht mehr als Nackenstütze gebraucht – das Formen von Sandkissen wurde wieder entdeckt!
Bilder – Gedanken formen sich in mir ... Ein weit entferntes Klopfen auf Holzstäbe kommt in Form von Erdschwingungen auf mich zu – mein inneres Ohr empfängt erste Signale ...

Das Weiß
der Möwen
zerschwingt das Blau.

Im September '05

Du Liebe, was war das für mich eine schöne Überraschung – diese Kurzbegegnung im Barockgarten!
Fühle dich innigst beglückwünscht zu deinem Gesamtkunstwerk – zu diesen beglückenden Farbklängen. –Das Erlebte schwingt in mir nach ...
Für mich notiert habe ich ca. 14 Arbeiten deiner Applikationen, die mich besonders bewegten. –
Liebe G., lasse mich dir und deinem Mann zum ersten Enkelchen herzlich gratulieren! Rufe auf eurer Telefonanlage kommen leider selten an – zu deiner Eröffnung musste ich (wie schon gesagt) meinen Versuch an die Kollegin im Barockgarten weiterleiten.
Im herzlichen Hindenken Rosi

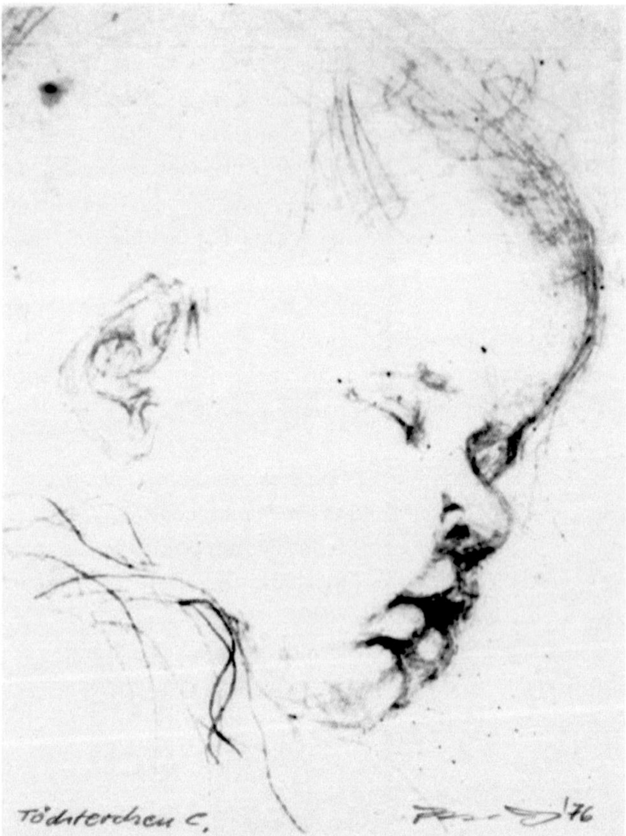

Brieftagebuch – Blatt II am 7. 9. ’05
5. Tag vor der Heimreise. Bilder wollten gemalt werden …

Ich darf sein – hier sein!
Möchte mir einen Jahrzehnte langen Traum erfüllen – bin der Ostsee nahe – sehr nahe einem ersehnten Erlebnis. –
Vor mir Sandspuren, leicht vom Nachtwind überweht – vom ersten Tau befeuchtet und unberührt. – Es ist ein Abtauchen im Alleingang!
Ein unerwartet horizontales Violettgrau lagert über einem lichten Blau – löst in mir Verunsicherung aus. Fröstelnd ziehe ich wartend meine zweite, leichte Haut um meinen noch nicht erwachten Zustand … Bleib´ noch hoffnungsvoll im Erwarten! Mich auf den nächsten Morgen tröstend wende ich mich nun den Dünen zu. –
Aus einem scheinbaren Nichts leise Vogelrufe – lockend!
Nochmals zurückblickend gibt es wider Erwarten ein Erlebnis – die feurige Geburt des Elements!
Gefesselt mit all meinen Sinnen tauche in ein – bin ganz da!
Vor dem leuchtenden Ball Silhouetten, schwingend, einem Tanze gleich. – Pfeilschnelle Stürze ...
Im Wiegen dann auf dem Glanz der Wellen findet sich das Weiß der Möwen wieder.

Fülle mit Gefunkel
mein Schatzkästchen ...

18. 9. '05

Liebes Ehepaar T., die Raeuber im Doppelpack sind wieder vor Ort.
Angefüllt mit Erlebnissen – heimgekehrt mit wieder Unerledigtem – ich hatte gehofft, dass ...
Wir denken, dass hier in der umfangreichen „Postwurfsendung" auch Ihre freundliche Eröffnungseinladung zu finden war. „Baldur Schönfelder" – wie wir uns auf eine Begegnung freuten!
Nachdem wir hier wieder mit unserem Kalender sprechen konnten, wurde uns schreckhaft bewusst, dass der 1. Oktober über zwei Tage durch ein Großfamilien-Treffen nahe Leipzig blockiert ist. Diesmal kann sich der weibliche Raeuber auch nicht rausnehmen – leider.
Bitte, liebe Börnchener, grüßen Sie sehr herzlich zum Meister und seiner lieben Frau hin ... Wir gratulieren sehr herzlich und werden uns an einem schönen Herbsttag vor den geschätzten Arbeiten von B. S. verneigen. –
Fühlen Sie sich, im Nachklang, sehr herzlich mit meinen Urlaubsimpressionen gegrüßt.
Im dankbaren Hindenken
Ihre Familie R.

P. S. Eben im Durchsehen von Ausstellungsunterlagen, liebe Frau T., nahm ich Ihre letzte Würdigung zu meiner Ausstellung „BEWUSST-SEIN mit allen Sinnen" bewusst zur Hand ...
Im nochmaligen Lesen – mit Abstand auch – wird mir immer wieder bewusst, welch klares emotionales und persönliches Eintauchen notwendig war, um sich meinem bildnerischen Anliegen zu nähern. Danke, Sie Liebe!
Werden Sie auch diese erneute „Schönfelder-Ausstellung" mit Ihren sensiblen Worten begleiten?
Gedanklich werde ich mit guten Wünschen anwesend sein!

September '05

Liebe Frau V. Z.!
Die beidseitige Urlaubszeit ist abgelaufen und in Ihnen und Ihrer Tochter hat sicher ein Erwartungszustand Raum eingenommen.
Bei meinem letzten Telefonat signalisierte ich schon Ihrem Mann, dass eine weitere Arbeitsphase für mich angelaufen ist, die aus den erkämpften Skizzen – den emotionalen Eindrücken sowie einiger Bewegungsschnappschüssen eine schöpferische Umsetzung ermöglicht. Diese lebendig–intensiven Stunden des Miteinander lassen mich mit den sympathischen Sprösslingen und mit dieser Herausforderung weiterhin umgehen.

Wenn nun auch eine eigene Auswahl meiner Mischtechniken Bestand haben sollte, gebe ich ein Zeichen, dass es zu einer weiteren Begegnung mit vorliegenden Ergebnissen kommen kann.
Da ich für eine Woche nochmals mit einem Gast unterwegs sein werde, wird eine gemeinsame Sichtung meiner Bildideen erst ab dem 18. 10. möglich werden.
Hiermit auch mein Dank an Sie sowie an Ihr Töchting, dass von Ihrer Seite kein zusätzlicher Druck ausging, der zwangsläufig den meinigen noch verstärkt hätte Fühlen Sie sich und Ihr Mann mit meiner Urlaubsimpression herzlich gegrüßt.

Ihre R. R.

Im September '05

H., du Liebe, wir haben zu danken! Es war eine intensiv-kostbare Zeit, ein gutes Miteinander. Erst jetzt erahne ich, wie Rostock mir als Stadt nahe wäre …
Du warst eine tolle, lebendige Begleiterin und vor allem eine liebevolle Gastgeberin in deinem schönen Zuhause. Gefreut habe ich mich, dass meine Arbeit gleich eine Rahmung bekommen hat, du Gute. –
Eine Bitte habe ich, formuliere nicht wieder: „Dein Foto"!
Der Gestaltungsablauf dieser Technik ist nicht wiederholbar – ist eine momentane Sichtbarmachung verschiedener eigener grafischer – oder malerischer Bildelemente, die durch Mehrfachbelichtung mit Strukturen, Licht oder anderen Gestaltungsmitteln zu einer eigenen Bildaussage verschmolzen sind.

Für mich ist dies die Suche nach einer transparenten Bildfindung – zur Klärung auch meiner nicht ausgelebten Befindlichkeiten von Lebenssituationen.
In der Schaffensphase bleibt es ein Unikat – als Auflagenhöhe von 1 – 3 Exemplaren sollten meine „FOTO-GRAFIKEN" Seltenheitswert besitzen.
Schön, liebe H., dass ich jetzt eine Vorstellung habe, wenn ich „Wismarsche Straße" schreibe, und überhaupt!!
Fühle dich ganz lieb bedankt nochmals von uns „Beiden".

Im Hindenken – deine Rosi

31. 10. '05

Ja, lieber, verehrter Herr Sch., wir haben nun die Möglichkeit gehabt, uns vor Ihren Werken zu verneigen – sie „in Gemeinsamkeit" in unsere Erinnerungen einzuschließen. Traurig, dass es am Eröffnungstag sowie dem Sonntag danach zu keiner persönlichen Begegnung kommen konnte.
Sicher hat Ihnen, liebes Ehepaar, Frau T. und die Familie D. unsere herzlichsten Glückwünsche sowie Grüße rübergebracht ...
Unsere erlebten und empfundenen „Neuhaus-Erlebnisse" nahmen in mir, im Begegnen der Bilder, wieder Raum ein!
Danke nochmals im Rundum und vor allem für die freundlichen Worte, die Sie, lieber Meister, nach dem Erhalt meiner „Foto-Grafik"-Geburtstagsgrüße gefunden haben. Lassen Sie sich, in ihrem gastfreundlichen Zuhause, ein gesundes und schöpferisches Dasein wünschen.
Im dankbaren Hindenken Ihre R. R. mit freundlichen Grüßen meines Mannes auch ...

P. S.: Arbeiten von Ihnen, die mich besonders bewegten, liegen bei.

November '05

Deine Gabe: ALTERSWERKE II als Katalog, liebe Ch. nehme ich in Dankbarkeit in mich auf und bin noch im Hoffen, dass es eine Begegnung mit den Werken geben wird – ich auch dir begegnen kann.
Vor meiner Kurzreise, mit Freundin, hatten H. und ich besprochen, dass wir leise anfragen wollten, ob ein gemeinsamer Besuch bei euch noch möglich sei. Wie habe ich auch den Wunsch, euch in Gemeinsamkeit - wieder in eurem Zuhause, in die Arme nehmen zu können. –
Nun musste leider eine Begegnung ohne mich stattfinden, was mich schon traurig macht. –
Nach all den Ängsten um euch bin ich nun in Dankbarkeit und spüre eine große Erleichterung und tiefe Freude.
Fühlt mein Hindenken – meine Umarmung.
Herzlich Rosi – mit Grüßen von H.

Am 22. 11. '05

Danke, lieber P., für diesen schriftlichen Teil deiner Hausaufgaben.
Natürlich wird nichts modifiziert – wird deine AUF DEN PUNKT GEBRACHTE „NACHSUCHE" nach Tharandt weitergereicht.
Die von euch gewünschten Muster, für meine Tharandt-Vorstellung, liegen dabei! P. wird sicher individuell gestalten ...
Unsere abgestimmte und nun vervollständigte NOTIZ zu Entwurf I wurde sicher zu deinem positiven Bericht von mir parallel abgeschlossen. –
Eigentlich sollten die gewünschten Unterlagen schon auf Reisen sein – schön, lieber Mitstreiter, dass es durch dich zu weiteren Abstimmungen betreffs des PFLANZRITUALS kommen konnte. Hab nochmals Dank dafür!
Eine kleine, stille Form – als Symbolik – wäre mir näher und es freute mich, wenn es auf diese Weise stattfinden würde. –
Mit diesem abgerundeten „Buchgeschenk" – mit deinen hoffnungsvollen Zeilen darin" „GEWACHSENES – ein besonderes Ereignis" kann unser gemeinsames Anliegen nun Wurzeln schlagen ...
Deine Presseschau, RUND UMS BADETAL, haben wir mit Interesse aufgenommen, mit der Erkenntnis auch: MAN DARF NICHT EGALWEG UNTERWEGS SEIN.
Wenn ich aber auch im DASEIN weiterhin für ALLE DIE TÜREN OFFEN HALTE, wird der Kampf ums EIGENE MACHEN WOLLEN nicht aufhören und es wird dann nur noch UNGESCHRIEBENE BRIEFE geben ...
Mit ganz lieben Grüßen an dich - an H.
verbleibt in Herzlichkeit der „Raeuber-Doppelpack" R. & H.

1. 12. '05

Meine liebe H., - dir und deinem A. vom „Raeuber-Doppelpack" diesen Kalendergruß als Weihnachtsgabe. –
Ein Stück Erinnerung und eine lebendige Gemeinsamkeit soll bei euch in der Dezember-Woche (11. – 17. '06) herzlich anklingen ...

Danke, du Liebe, für diese heutige „Begegnungs-Idee". Rosi

6. Dezember '05

„Sei, was du bist,
mehr nicht ist,
als dass du bist!"
Schrieb mir einmal G.W.

Mein liebes C.,
warum GEZWIRNTES? (Erinnerst du dich noch ?)
Du bist ja wieder – wie du warst ...
DU NACH JAMAICA – mit all meinen Gedanken werde ich bei dir sein – mein liebes C. ... und L. sich tröstend: ES IST JA NUR EIN KURZES STÜCK AUF DER KARTE ...

Komme gesund und mit lebendigen Eindrücken wieder – fühle dich in die Arme genommen – in Vorfreude auch an unseren gemeinsamen HEILIG-ABEND denkend.
Mit Kuss – deine Mutti/Freundin

Im Januar 06

Meine liebe, treue Freundin, du hast mich bewegt … deine sehnsuchtsvollen Zeilen – deine Weihnachtsgaben – welch ein Geschenk! Bei unseren letzten längeren Kunstgesprächen, liebe J., brachtest du schon deinen wunderschönen Erfolg im Klösterchen rüber. Aber nun noch zusätzlich dieses Kunstprojekt als Kalenderblatt – ich bin überglücklich, dich so vertreten zu sehen.

„Fliegen wie ein Vogel –
dennoch verwurzelt auf dem Boden …".
Wie du mich mit diesem erschütternden Oktoberblatt erreichst, ist eigentlich nicht zu beschreiben.
„Diese leise Berührung im lichten Zentrum." Ich glaube, wir wissen zu viel voneinander …
Dir, meine liebe Schöpferin, kann ich außer meinem „Wurmtal-Neujahrsgruß" nur zwei schriftliche Bildbeschreibungen nahe bringen, im Hoffen, dass wir uns auch auf diese Weise nahe sein können.

Fühle dich ganz innig auch für diesen wunderschönen „Hodiamont-Bildband" bedankt. –
Du wirst uns im „Sächsischen Heimat-Kalender" erst im Dezember (siehe Rückblatt von Weitzmann-Figurinen) in schriftlicher Form begegnen. Vorher, im Jahr, muss es wieder eine Begegnung mit uns geben, Gänge – Gespräche – Vertrautheit!
Mit Umarmung – mit Gruß ans Töchting – mit allen guten Wünschen und innigem Dank
R & H.

Hänichen/Bannewitz, am 22. 1. '06

Verehrter Herr Prof. Dr. O. B.!
Nachdem mich, über Herrn P. Th., die freundliche Nachricht Ihrer Zusage, betreffs der Einführung zur Ausstellungseröffnung GEWACHSENES in der Galerie der Kuppelhalle Tharandt, erreichte, möchte ich gern mit einigen Fragen zur weiteren Vorbereitung auf Sie zukommen. –

Wenn ich die kostbare Zeit von Ihnen sowie Ihrer Frau mit der Bitte, dass Sie uns eventuell einen Besuch abstatten, in Anspruch nehmen könnte, würden mein Mann und ich mich sehr freuen. –

Neben der Einsichtmöglichkeit in meine kleine „Ausstellungs-Info-Mappe" kann Ihnen die Hängung einiger Arbeiten bildhaften Eindruck vermitteln. Herr P. Th. hatte vor längerer Zeit unsere LEBENSFÄDEN schon schriftlich verknüpft und Ihnen zugesandt. –

Als Ergänzung nun noch meine Kurzbiografie sowie das schriftlich formulierte Anliegen zu meinem künstlerischen Schaffen, das Ihnen einen Einblick vermitteln kann.

Über eine freundliche Zusage (bitte mit Terminvorschlag) oder einer anderen Lösung für eine persönliche Begegnung wäre ich Ihnen dankbar.
Herzlich – mit Grüßen –
Ihre R. R.

zum 29. 1. '06

Meine liebe H., mit diesem „Fenster-Wilischblick" grüßen wir dich innigst im Verabschieden zu einem kleinen Winter-Urlaubs-Trip!

Dir von Herzen ein gutes, neues „Dasein" im schon vertrauten Umfeld, das ja so lange unsere Heimat war.

Sehr glücklich hast du mich mit deiner Entscheidung gemacht. Mein Hoffen ist, dass es hier und dort weitere kleine Begegnungen geben wird.
Ich umarme dich!

Wir grüßen mit diesen Frühjahrsblüten und wissen um kommende warme Zeiten

Mit einem Händedruck auch an deine Lieben
Rosi & mein H.

9. 3. '06

Meine liebe L., heute schreibt die Omi an dich einen Liebesbrief ...
Der letzte Schnee ist gestern den ersten Schneeglöckchen und Krokussen gewichen – hat „tschüss" gesagt!!
Mutti erzählte mir, dass du vielleicht eine Künstlerin werden wirst, weil du dich doch ganz tolle auf das „Kreative Malen" freust. Darüber ist auch Omi ganz glücklich! Da kannst du Mami und Papi ganz lieb drücken, dass sie das für dich tun. Gibt es schon Bilder von dir zu sehen? Wenn wir uns gemeinsam zur Ausstellung in Tharandt treffen, wirst du sicher meine richtige Kritikerin sein?
Sei ganz lieb "umärmelt", gegrüßt wie auch Mutti und Vati – von deiner Omi & von deinem Opi

Im April '06
Meine liebe L., trotz der großen Aufregung zur Ausstellungseröffnung habe ich tolle zu dir hingedacht ... Mutti hat mir geholfen und symbolisch die Hand gehalten! Sehr freue ich mich, dass wir heut alle zusammen nach Tharandt fahren und mit meinen „Bildkindern" reden können.

Liebe Rosi, kämpfe tapfer und mit so viel Mut weiter. Wir suchen ja alle.
Deine Charlotte
Ich bewundere Dich.
d.o.

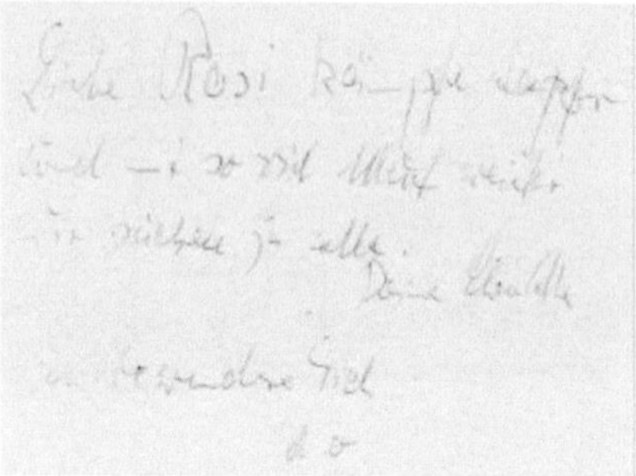

Ich war da! Allen Beteiligten ein großes Lob für diese tolle „Kombi-Ausstellung"! Toll gelungen
Das Töchterchen/Freundin C.

Frau Raeuber,
ich bin beeindruckt und sehr berührt, so etwas Ausdrucksstarkes habe ich lange nicht gesehen. Ich wollte, ich könnte mich auch so ausdrücken!
Danke für die Ausstellung P. M.

Liebe Rosi,
heute verinnerliche ich deine Ausstellung noch einmal in aller Ruhe. Ich freue mich für dich, dass deine Lebensquelle immer wieder neue Impulse ans Licht bringt und bei mir die Lust zum Gestalten weckt.
Danke! Hanna 24. 4. 06

Liebe Rosi,
eine schöne Ergänzung zum Besuch des Forstgartens („Gewachsenes") war die ungestörte Betrachtung Deiner berührenden und anregenden Ausstellung – ein schönes Geburtstagsgeschenk!
Vielen Dank!
Wir freuen uns und sind gespannt auf Deine weiteren Arbeiten!
Irmgard und Klaus 26. 4. 2006

Einladung zu einem FRAUENSTAMMTISCH zum 12. 4. '06
Im Zwiegespräch
mit Rosemarie Raeuber, geb. Jeltsch

ERINNERUNGEN BEGEGNUNGEN AUFARBEITUNG
bedeuten für jeden Menschen sicher etwas Anderes – etwas Eigenes.

Nach Jahrzehnten für mich eine ZEITREISE – getragen von ERINNERUNGEN im WIEDER DA SEIN.
Gelebte Befindlichkeiten möchten einer Bildsprache entwachsen – sich im Dialog mit Betrachtern – im Aufarbeiten wiederfinden.
Meine wiederholten Begegnungen und Gänge in wechselnden Jahreszeiten vom jetzigen Wohnort Hänichen in Richtung Bahnhof Possendorf bleiben eine Spurensuche.
Der Bahndamm – gesäumt von Birken – Gewachsenes mit Geschichten führt mich bis zur Endstation ...
Ein fröhliches Gezwitscher von Kinderstimmen bildet sich auf farbigen Spielgeräten als Lichtreflexion ab – kündet vom Jetzt und Heute.
In mir lasse ich beim Lesen der Geschichte der Windbergbahn, der „Heddel", „Erinnerungsbilder" wachsen.
Nach 60 Jahren empfinde ich mich wieder als Kind – auf den verbliebenen Gepäckstücken sitzend – mit drei Geschwistern und der Mutter in banger Erwartung eines unbekannten Neubeginns.
Vorangegangene nächtliche Zugfahrten unter Bombenalarm mit Ängsten oder in Abgestumpftsein ließen uns Kinder zu Erfahrenden werden – prägten auch noch nicht gegangene Wege.

Börnchen in einem Stück Lebenslauf!

Hänichen, am 25. 4. '06

Lieber P.,

... „Man sollte sich auch weiter nicht zu wichtig nehmen, denn wenn man weiß, wer man ist, kann man sich getrost auch mal vergessen."

Dieser dein letzter Satz, lieber P. aus der KLEINEN CHRONIK – FAMILIE TH., hat für mich etwas mit einem Ausspruch der MUTTER THERESA zu tun.

Ja, lieber Mitstreiter, die gemeinsam erlebte, lebendige Arbeitsphase hat Zeichen gesetzt, Wurzeln geschlagen – danke.

Du hast einen erfolgreichen Abschluss deiner Selbstbefragung – zu deiner Heimkehr gefunden.

Du kannst dich fallen lassen.

Fühle dich in deiner jetzigen, endgültigen Heimat mit meinen Zeilen begrüßt. –

Sei nochmals beglückwünscht auch und vor allem zu deiner H., die sicher zu großen Teilen durch ihr Verständnis an deinem guten Erfolg mitwirkte.

Es ist nun so eine Sache mit dem SICH NICHT ZU WICHTIG NEHMEN. Wenn man glaubt, Befindlichkeiten abarbeiten zu müssen oder meint, anderen etwas sagen zu wollen, steht doch immer, ob man will oder nicht, ein Stück PERSÖNLICHES dahinter, auch wenn von Bescheidenheit die Rede ist – oder? In mir ist immer dieser Widerspruch lebendig, und ich fühle mich unwohl, wenn es um „Öffentlichkeit" geht.-

Nur einmal war mir mein NEIN zu einer Vernissage gelungen! Die Leitung des ehemaligen CLUB DER INTELLIGENZ im Lingnerschloss war fassungslos. Mein Argument: „Danke, dass ich mich vorstellen darf – WICHTIG, dass ich selbst zu meinen Arbeiten einen kritischen ABSTAND durch die Hängung finden kann – dass mir im NACHHINEIN ein offenes Gespräch hilfreich wäre", das konnte von ihnen nicht nachvollzogen werden.

SICH FINDEN – DASEIN – UM SICH WISSEN: welch ein langer und ich glaub nicht endender Weg. -

GESPRÄCHE DANACH!

So hoffe ich, lieber P. dass nach unserer morgigen gemeinsamen PFLANZUNG ein fruchtbares DANACH-GESPRÄCH erwachsen kann...

Im März, nach unserem gemeinsam erlebten und gelungenen P. - F. - GEBURTSTAGSGESCHENK als „Opern-Matinee" kündigte uns P. im „Café Brühlsche Terrasse" schon diese morgige Einladung (mit Onkel Th. – wie sie sagte) als freundliche Idee an ...

So freuen wir uns und glauben, dass es „RUND" als unser Abschluss sein könnte.

Im Vorab nimmt mich noch eine ungewöhnliche Aufgabe in Anspruch. Einer mir unbekannten Familie wurde ich empfohlen, dass ich der Tochter eventuell behilflich sein könnte, sich mit ihrer Kunstmappe an der Hochschule in Berlin oder Weimar zu bewerben. Uff – bin damit nicht glücklich!

So, lieber, zugewachsener Freund, nun möchte ich meine „Brieftagebuch-Aufzeichnungen" für dich – für euch – beenden und herzlich im Verbund mit H.

grüßen Rosemarie

P.S.: Genießt auch im guten Miteinander die angebrochene optimistische Frühlingszeit!

Pfingstmontag '06

Deine guten – hindenkenden Worte, liebe A., haben mir zur Ausstellungseröffnung sehr geholfen ...
Hab großen Dank, dass du mir wieder Mut gegeben hast. Meine Probleme, die ich mit öffentlichen Darstellungen habe, werden wohl bleiben.

In dieser wiederholten, bedrängenden Situation kam mir der Gedanke, eine mir eventuell gemäße Begegnungsform zu entwickeln. –
„Offenes Atelier – offenes Haus" für zwei Tage! Wäre einmal ein Versuch wert – oder?
Diese private Situation hätte dann auch mehr mit mir zu tun! Übrigens, die Tage sind beglückend länger geworden – eben nur hundekalt und das zu Pfingsten!! Meine Kurzgespräche mit dem „Sternenhimmel" sollen dich im Erinnern in Herzlichkeit erreichen.
Rosi mit Grüßen von H.

Mai '06
Liebe St., diese beigelegten Aufnahmen sind im Denken an dich – an euch entstanden.
Lasse dir mit diesem Bild ein berührendes Erlebnis nahe bringen.
Dom Bamberg – Mittagszeit – Behutsam versuchte Rosi Details für dich festzuhalten. Unerwartet begegneten meinem Kamerablick, der auf das „Geschnitzte" gerichtet war, verständnisvolle, lächelnde Augen.
Mich erreichten, im Dasein, Worte der Andacht! Auffällige Stille im Rundum ... Beschämt rutschte ich auf eine nahe Bankreihe. Nahm ein junges, interessantes Frauengesicht in Hingabe wahr und wurde gefangen genommen von einer schlichten und eindrucksvollen Erzählstimme.
„Seid in Dankbarkeit über euer Sein – das scheinbar Tägliche. Nehmt auch eure Hände wahr – seid glücklich, dass sie wärmen, streicheln, geben und empfangen können."
Durch eine plötzliche Bewegung meiner Nachbarin, als müsse sie mir mehr Raum zugestehen, wurde ich gewahr, dass sie auf diese Körpersprache verzichten musste – ihr keine Hände, in Gesundheit, geblieben sind ...
Die Worte „Bleibt in Bescheidenheit, Dankbarkeit – Amen" ließen mich erschüttert wieder in den pulsierenden Touristenstrom eintauchen.
Fühle dich und deine Lieben in Herzlichkeit – mit Umarmung verabschiedet. Herzlich Rosi

Im Juni 06

Verehrter Herr Prof. P., vor Tagen, im Begegnen mit Ihrer Tochter in ihrer Gemeinschaftspraxis, gab es auch dieses Zeichen für mich, dass am Samstag, im Elternhaus, Vaters Geburtstag gefeiert wird. –
In aller Herzlichkeit, nun im Nachklang, Ihnen meine Gratulation.

Für Sie und Ihre Frau werden sicher mit diesem Neubeginn auch weitere Freiräume erwachsen. Glückwunsch im „Rundum".
Zeitgleich, verehrter Herr Prof., fand ich Ihre freundlich – schriftlichen Worte zu meiner Arbeit „UNENDLICH", als es wieder einmal ein Eintauchen in meine BRIEFTAGEBUCH-BLÄTTER gab ...

Beglückend für mich, dass dieses Geschenk Ihrer Mitarbeiter, zu Ihrem „Runden", von Ihnen auch in Gemeinsamkeit angenommen werden konnte und in Ihnen auch eine tiefe Nachdenklichkeit auslöste. Im nochmaligen Lesen berührten mich Ihre persönlich formulierten Befindlichkeiten, in die ich mich einbezogen fühlen konnte, danke! Ihnen und Ihrer Frau Dank, dass Sie nochmals einen Ausstellungsbesuch in der Kuppelhalle ermöglichten und Ihre Eindrücke als Empfehlung Ihrer „kunstoffenen Tochter" und deren Partnerin, Frau Dr. L., weitergaben.-

Nach unserer zweimaligen Begegnung habe ich ein gutes Gefühl, dass sich auf „transparenten Ebenen" unsere jeweiligen Anliegen begegnen könnten. – Möglicherweise hinterließ der weibliche Raeuber bei Frau Dr. Z. nach ihrem ersten Anruf nicht gerade eine offene Haltung zu dieser überraschend angekündigten Ausstellungsmöglichkeit. Noch nicht ausgepackt, standen die Arbeiten – erinnernd an lange Vorbereitungszeiten – an die Mühen der Gesamtkonzeption – an das sich wiederholende Spannungsfeld der kommenden Eröffnungs–Begegnungen. Wenn meine „Bildkinder" sich einem Dialog stellen können und die Fähigkeit haben, mit dem Betrachter ins Zwiegespräch zu kommen, dann kann dies für mich der glücklichste Moment sein. –

Fühlen Sie sich, verehrtes Ehepaar P., mit einem dankbaren Händedruck – mit Grüßen, auch von meinem Mann, verabschiedet.

Herzlichst Ihre R. Raeuber

Hänichen, am 30. 7. '06

„Die Suche ist das Spannendste". Die gesetzten Worte des Artikels von Karin Großmann Anfang Mai in der SZ sind sicher die „Ihrigen", liebes L.-Weib. Wulf Kirsten meint das Zusammentragen, mit Hans-Peter Lühr, für den Kunstband, wenn er sagte: „Diese Suche war das Spannendste."
Die Raeuberin machte sich sofort nach Ihrem Brief auf die „Suche" nach dem gewünschten Artikel. – Die Suche & das Finden in unsortierten Aufbewahrungsorten war schweißtreibend, aber eben erfolgreich ...

Da wir, wie ich schon ankündigte, morgen gen Cottbus reisen, wird Sie, liebes „L.-Weib", eben <u>nur</u> das heutige Schreiben erreichen, ha-ha!
Die angefangenen Briefe, seit Mai, wollen noch in „Schönschrift" und nun ausführlicher in Ihre Hände gelangen – Sie haben weiterhin Verständnis und Hoffnung ?

Danke, Sie Liebe, nochmals für den aufrüttelnden Ruf von heute ...
Mir tut es gut zu wissen, dass wir (wie Sie versprachen) am 1. 8. im Verbund von Bildbetrachtungen sein werden ... danke!
Waren Sie schon im Lipsius-Bau bei A. Rodin und werden Sie im Neuen Sächsischen Kunstverein P. Picasso aufsuchen?
Wir haben uns die Begegnung mit den unbekannten Aquarellen von Th. Rosenhauer angetan.

Mitte Juli, liebe L., sind wir winkend und denkend in Richtung Weimar, bei Ihnen vorbeigefahren. Anlass war ein schon lang versprochener Besuch bei dem Garten-Architekten-Paar „Backhaus-Barnett" in Rastenberg-Roldisleben. Haben Sie, bei der Geraer „Sommer-Landgraf-Ausstellung" nicht auch ein Gespräch mit Ihnen gehabt?
Wir haben also das traditionelle Sommertheater, mit der Aufführung „Mozart", in diesem interessanten „Sommer-Landgraf-Skulpturengarten" erlebt und waren beeindruckt.
Am 22. 8. sind die Raeuber wieder auf Tour. Städte-Besichtigungen Richtung Ostsee – ein Hoffen, dass es Erholung und ein gutes „Maaachen" (Ausdruck, von Kohlscheid mitgebracht) geben kann.

Meine dicke, herzliche, dankbare Umarmung spüren Sie?
Ihre alte Raeuberin

12. Juli '06

Mit dem heutigen Tag, ihr Lieben, ist das lang anhaltende Experimentieren zum Filmprojekt GEWACHSENES in die Endphase eingetreten und wurde soeben mit dem Druck des letzten Covers abgeschlossen.

H., als Techniker, mit seiner großen Leistung ist wohl nun der Entspannteste! Für ihn nun keine wiederholten „Abschnittsvorführungen" mehr, wo seine Frau (wie bei einer eigenen Ausstellungshängung) „in Nähe – mit Abstand" die Regieabläufe oft in Frage zu stellen versuchte.

Es war kein Leichtes! Eben ein „Balance-Akt" sozusagen ...

Im Entstehen des Werkes mehrere Ausführungsbeteiligte für anspruchsvolle Mitwirkende auf ihrem künstlerischen Gebiet, sowohl für ein Publikum, das sicher seine Eindrücke von der Eröffnung nachvollziehbar erleben möchte.

Nun, nach dem Maaachen, glaube ich, lieber P., mir vorstellen zu können, dass du dir in Wort & Bild im Guten begegnen kannst. –

Als vorhin der erste vollendete „Filmversuch" an mir vorbeiziehen konnte, wurden für mich endlich auch Geschehnisse , im räumlichen Umfeld, erfassbar und nachvollziehbar in „Dankbarkeit". –

In mir ging nochmals ein Gespräch um, das gestern eine Freundin mit unserer Tochter hatte. Sie berichtete unter anderem von ihrer Wahrnehmung zur Eröffnung, dass es da ein junges Weib gab – gekleidet in „APRICOT" – eben auffallend attraktiv, sicher zu dem „Lesenden" gehörend, wo unaufhaltsam Tränen flossen ...

Mit dieser für mich erneut bewegten Stimmung, im Erinnern, möchte ich mich bei euch in Herzlichkeit verabschieden – mit Dank nochmals, dass meine „Bild-Kinder" ein neues Zuhause haben werden und ihr damit leben wollt ...

Mit Umarmung – Rosi

18. 8. '06

Meine liebe Freundin U., gestern bereitete ich meine Enkeltochter F. auf den Ausstellungsbesuch „A. Rodin" im Lipsiusbau vor, indem ich ihr u. a. auch von meinem Parisaufenthalt und dem unerwarteten Schlafrhythmusverhalten berichtete. –

Heut nun hat sich dies wiederholt, nur, dass ich den Tagesablauf nicht 3 Uhr morgens beendete, sondern ihn begann ... Die Vollmondbahn verfolgte ich von 5 Uhr – bin hellwach gewesen! Dann im Hingeben konnten Bilder entstehen – Sätze sich formen für dich!
Du Liebe, wie selten „Geschriebenes" du von mir erhältst! Beglückt können wir erfahren, dass es aber für uns ein selbstverständliches „Nahe-Sein" geben kann – gelle? Bei unserer letzten Begegnung überraschte mich schon mein selbstgesprächsartiger Klärungsversuch zu dieser Form einer Aufarbeitung ...

Du machst mir mit deiner spontanen Reaktion weiteren Mut, obwohl ich noch nicht in der Lage bin, dieses Vorhaben richtig einschätzen zu können. – Deine begeistert-euphorische Aussage, betreffend: „Mein Wunsch ist es schon immer gewesen, „Schriftstellerisches" bis ins Druckreife mit tragen zu können", ist wohl auf diesen ersten vorsichtigen Schriftversuch nicht anwendbar.

Mir wird bei dem ersten Sichten, Zuordnen und Werten die Tragweite bewusst und die Unsicherheit nimmt in mir Raum ein, ich könnte mich mit diesem Vorhaben zu weit herauslehnen ...
Wenn ich es richtig verstanden habe, meine liebe U., wolltest du vor deinem Urlaub „meine Gedanken zur Einleitung" noch vorher geschrieben wissen? Gib bitte ein Zeichen!

Diese gestrige außergewöhnliche „Rodin-Schau" hat in mir viel Nachdenklichkeit hinterlassen. In ihrer Werkbetrachtung formulierte Birgit Grimm: „Den Torso hat A. R. als eigenständiges Kunstwerk eingeführt und zudem Details dieser Arbeiten – Personen, Köpfe, Hände, Beine, Arme – aus dem ursprünglichen Kontext herausgenommen, vergrößert oder verkleinert und ihnen so einen neuen Sinnzusammenhang gegeben."

Mein lieber Mann, sich sonst zu meiner neuen Herausforderung – Mischtechnik – nicht äußernd, setzte überraschend die schwerwiegenden Worte in den Raum: „Dieses Herauslösen von einem schon einmal erarbeiteten Kunstobjekt – es in einen neuen Zusammenhang und in eine Ausdrucksmöglichkeit zu bringen, ist doch eigentlich auch dein Anliegen." Könnte man da nicht ein hoffnungsvolles Selbstvertrauen entwickeln?

Gut und wichtig fand ich, dass einige Arbeiten unserer ostdeutschen Bildhauer, z. B. W. Stötzer, in den Vergleich gestellt wurden und die „Moderne" verkörperten.

Du Liebe, dieses Eintauchen in die große Kunst war wieder einmal vonnöten ...

Fühle dich nun lieb verabschiedet bis zur baldigen Wiederbegegnung – mit Grüßen auch von F. und H. – herzlich, mit Dank deine Freundin Rosi

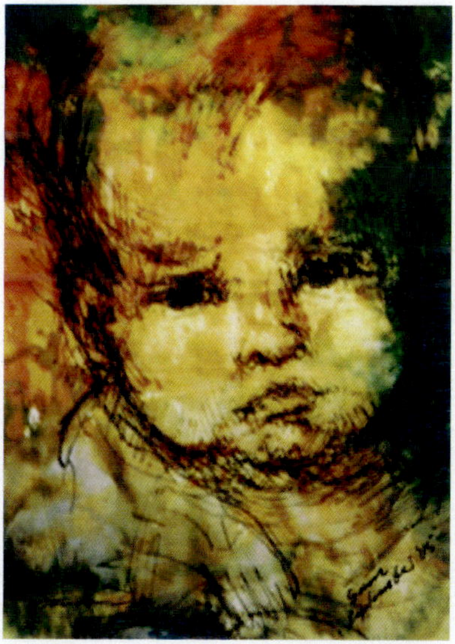

„Urlaubsreflexionen" 21.8.06 morgens –

Eine Brandung schlug
bei dem heutigen
Lauf uns entgegen-
vereinnahmte den
festen Strand-
streifen!
Tosend-bleiern
erbrachen sich
Gewalten –
hinfließen
schaumige
Gebilde den
Wolkenformati-
onen gleichend
vom Vortage.
Dieser dramatische
Aufbau – das
Zerrinnen der
watteähnlichen
skurrilen Formen
vom hoffnungsvol-
len „Stück Blau"
hatten ersehnte Wärme
versprochen...
Im Jetzt, angehäuf-
ter schwarzer
Tang, oder als
vergänglicher
Fossilienabdrücke
im feuchten Ockergelb
gebunden,
gebieten Abstand. –
Im knirschenden Zertreten des lichten-
bizarren Meeresauswurfs unter meinen Tritten
ein aufkeimendes schlechtes Gewissen...

21. 8. '06, morgens

„Urlaubsreflexionen"
Eine Brandung schlug bei dem heutigen Lauf uns entgegen – vereinnahmte den festen Sandstreifen!
Tosend-bleiern erbrachen sich die Gewalten – hinterließen schaumige Gebilde, den Wolkenformationen gleichend vom Vortage. Dieser dramatische Aufbau – das Zerrinnen der watteähnlichen, skurrilen Formen vorm hoffnungsvollen „Stück Blau" hatten ersehnte Wärme versprochen ...
Im Jetzt: angehäufter schwarzer Tang, oder als vergänglicher Fossilienabdruck im feuchten Ockergelb gebunden, gebieten Abstand. Im knirschenden Zerbrechen des lichten – bizarren Meeresauswurfs unter meinen Tritten ein aufkeimendes schlechtes Gewissen ...
Erinnernd auch an umsichtiges Gehen vorbei an liebevoll geformten „Sand-Muschel-Skulpturen". Traurigkeit auslösend nach erkennbarer mutwilliger Zerstörung!
Heut' nun eine willkürliche Formung durch das wilde Element.
Möwenflug! Nur durch Schreie wahrnehmbar vorm grau-schwarzen Gewölk, das am Horizont zur Unendlichkeit verschmilzt.
Durch den Stopp von H. wird unser Schwenk zum Dünenaufgang (9 I) in den Kiefernwald angekündigt. – Meine Stockschwünge gen donnernden Wellenschlag als traditionelle Verabschiedung.
Die schwere Wolkendecke durchbricht unerwartet Helligkeit – erkämpft sich Breite, legt sich als schimmerndes Band bis zu unserem Verharren. Das schnelle Trippeln einer kleinen Möwe im lichten Augenblick. Die Verführung zum Zurück auf vertrauten Spuren ...
„Erlebte Bilder von tänzelnden Pferden" – dort das Zelt am Dünengras – die zurückgebliebene Wasserlache – hockend davor eine junge Gestalt, mit Handballen und Sand einen Topf scheuernd ...
Den leckenden Ausläufern entgehend unsere hektischen „Seitensprünge" bis zum Endziel Aufgang (10 A). –
Mein „Guten Morgen – schön ist es am Strand" galt den Stehenden mit Handy an der Muschel des Ohrs – ohne Empfang ...

04. 09. 06
Karlshagen – Vormittag

Der Handyrechner, liebe S., sagte es Papa H. an: bis heute sind es zwölftausendsiebenhundertunddreiundachtzig Tage ... Für deine Schuleinführung gilt ebenfalls diese Zeitrechnung! Im Jetzt ist für L. der Tag, wo das zweite Schuljahr beginnt. -
Auf alle Lieben – auf unseren heutigen Hochzeitstag stoßen wir mit einem Frühsekt an!
„Insel Usedom", nun schon das zweite Jahr – eine Wiederbegegnung.-
Den Ort Koserow suchten wir auf im Erinnern unseres ersten und einzigen Zelturlaubes mit dir. Du weißt es noch?
Von wem wir das Kleinzelt geliehen hatten, ist aus dem Gedächtnis.
Gestern nun, bei weiterhin gemischtem Wetter, entschieden wir uns, den geschichtsträchtigen Ort Peenemünde aufzusuchen.
Vor einer bedrohlich dunklen Kulisse erhob sich ein noch bestehender Gebäudekomplex eines unglaublichen Zeitgeschehens ...
Die Entscheidung kämpfte in mir, ob ich es zulassen will, mich dieser geschichtlichen Eruption zu stellen. -
Jetzt im Wissen, dass die gesamte Region (einschließlich Zempin) als Raketenabschussbasis vereinnahmt wurde, lässt mich innerlich erfrieren. Diese Vorstellung auch, dass diese wunderschönen, friedlichen Orte auch ein KZ-Lager in sich bargen ...
Das höchste Gemäuer, von 35 m Höhe, als ehemaliges Kraftwerk am Peenemünder Hafen, bietet jetzt Kultur. KASSANDRA, als Theateraufführung, wollten wir uns am Abend ansehen. Es war aber nicht mehr denkbar nach unserem dreistündigen emotionalen Tiefgang vor Ort des ungeheuerlichen Geschehens. –

Ein wiedererrichtetes „Gedenkkirchlein" in Nähe erinnert mahnend auch: „Die Wiege der Erfindung – ein Grab für die Opfer."
An diesem heutigen Tag nun, liebe S., diese Nachdenklichkeit – diese nachklingende Erschütterung an Zeiten, die Papas und meine Kindheitsphasen unterschiedlich prägten.
Konfrontiert auch mit der Frage, wie gingen unsere Eltern mit dieser Zeit um?
Dankbar atme ich tief den Kieferngeruch unseres Dünenstreifens ein ...

Überraschend, im Halten eines Autos, aus dem offenen Fenster die Frage unseres freundlichen Vermieters: "Wollen Sie im Regen in die Pilze?" Meine Gegenfrage nach dem ungewöhnlich zerklüfteten Waldstreifen erübrigte sich nach dieser erdrückend erlebten „Peenemünder Schau".
Hände drückende, winkende Verabschiedung von den auch zwinkernden, lachenden Augen.
Bin im Bewegtsein – im Hiersein!
Sprünge über die sich erweiternden Wasserlachen unserer Zeltplatzstraße, die sich sicher noch bis zu unserer Heimfahrt halten werden – laut Wetterbericht!!
Dir, meine liebe F., galt oft mein Hindenken – an deinen Neubeginn. –
Omi weiß nun, nach deinem guten Abschlusszeugnis kann sich ein Selbstvertrauen in dir ausbreiten – dir auch bei deinen Zukunftsplänen helfen.-
Abends nun, bei Sturmböen, ein beglückendes Erlebnis zum Ausklang ...
Am kleinen Hafen – in den Takelagen - war diesmal nicht der „Gesang von Frauenstimmen", den wir in einem holländischen Hafen überraschend einmal erlebten, sondern es erschallte ein tönender Klang von Didgeridoos – erinnernd an die Aborigines aus Australien.
Gute Nacht noch am 4. 9.!!
Liebe Grüße an die „drei Kamenzer" von uns Ostseeurlaubern

20. 09. '06

Wieder daheim, liebe H., sitze ich im wunderschönen Abendlicht – schreibend auf meinem Balkon und wünschte, wir hätten dies als Urlaubssituation gehabt. Meine Gedanken, mit Blickrichtung Kreischa, umkreisen dich mit allen guten Wünschen für deinen Tag ...

Wir werden einen lang erwarteten Besuch aus Kohlscheid haben, der sich einen Abstecher von einer „Lausitz-Tour" zumuten wird.
Einen auch noch nicht dagewesenen Gast, aus der Schweiz, werden wir, für ein paar Tage, an die Brust nehmen. –
Diese Begegnung hat für uns eine besondere Bedeutung. Vor der Wende, nach jedem wissenschaftlichen Kongress, kehrte er in unser bescheidenes Dasein in der Tauernstraße ein und verabschiedete sich immer mit den hoffnungsvollen Worten: „Es wird die Zeit kommen, dann werdet ihr bei uns zu Gast sein ..."
Es tat im Besonderen mir, als immerwährender Gastgeberin, weh, im Wissen, dass es keine Gegenreise geben kann. –
Wir waren doch vor Ort, obwohl von der Schweizer Seite große Probleme gemacht wurden. Einreisevisum hatte er erkämpft!

Unsere in Portugal lebende Bekannte klopft auch noch an unsere Tür ...
Du Liebe, jetzt bin ich etwas abgetaucht, gelle?
Aber Rückblicke sind oft nötig und mein Bedürfnis war es einmal, dich einzubeziehen, da unsere Begegnungen nicht zu viel Gespräche zulassen. Gerade ihr, in Gemeinsamkeit, wart mir in so vielen Lebenslagen mit eurer bescheidenen – liebenswerten Treue nahe. Habt mich mit Überraschungen froh gemacht und Nähe spüren lassen ... Nun, liebe H., hast du sogar unsere zurückhaltende F. in deine Warmherzigkeit mit diesem Geschenk einbezogen.

Berührend mein Entdecken (bevor das Kuvert mit Zeichnung verstaut wurde), dass sie still für sich darauf geschrieben hatte: „Ich bin glücklich!"
Damit, du Liebe, hast du auch die Oma glücklich gemacht ...
Mit Umarmung – Gruß im Rundum Rosi

1976 Studienarbeit - im Denken an Guerner!

Im Oktober '06

Verehrte Frau G. R., unseren treuen, langjährigen Freund E. H. konnten wir in Dankbarkeit gesund wieder verabschieden.

Ihre BRANDMALE legte er in meine Hände und erahnend spürte ich, wie überlagerte Schichten angesprochen wurden. Danke!

Sie haben es geschafft, Ihre Sprachlosigkeit zu überwinden – es gab ein Abarbeiten von einem erschüttert Erlebten. Es gibt dieses Buch!

Sie sind in die Vergangenheitsbewältigung – in das Jetzt zutiefst, mit Ihrem unüberhörbaren Ruf, eingedrungen. – Mahnung und Hoffnung zugleich!

Ihre Worte zu einer Rückkehr nach Dresden, als Schicksalsgenossin dieser Stadt, lassen auch Abrisse von Erinnerungsbildern in mir entstehen. -

Meine frühe Kindheit, noch bevor sich mein Dasein mit dieser verwundeten Stadt verband.

> „Ich muss sehen, wie bei einer von schwerer Krankheit Genesenden,
> welche Fortschritte sie macht,
> was alles wieder entsteht.
> Freude erfasst mich, wenn ich die Wunden heilen sehe.
> Vielleicht genese auch ich ein wenig?"

Wie mich, verehrte Frau G. R., Ihre Worte treffen. –

Ein Gefühl von einem inneren Begegnen wird für mich spürbar.

Wie wir von unserem Schweizer Freund erfahren haben, kehren Sie immer wieder zu Ihrer „Freundin" zurück, um sie weiterhin als Genesende begrüßen zu können. –

Sollte sich in Ihnen einmal der Wunsch rühren, das jetzige Elbflorenz vor Ihren Füßen ausgebreitet zu sehen, sind Sie herzlich willkommen bei uns. -

Mit lieben Freunden und vielen Gästen ersteigen wir bei unterschiedlichen Tages- und Jahreszeiten unsere „Goldene Höhe" von Hänichen – ich oft im Alleingang! Mich erfasst dann immer wieder diese erschütternde Vorstellung des grauenhaften Geschehens. Als ich, vor Tagen, unser siebenjähriges Enkelkind an die Hand nahm, um ihr einen dramatischen Lichteinfall ins Elbtal zu zeigen, riss sie bei diesem Anblick mit einem Schrei : „Mein Dresden!" die Arme hoch, um sie dann, wie bei einer Umarmung, langsam zu schließen. –

Es breitete sich in mir eine Beglückung – eine wunderbare Stille und Dankbarkeit aus ...

Es grüßt Sie in Herzlichkeit Rosemarie Raeuber

im Oktober '06

Verehrte Frau Gertrud Rogge,
unseren treuen, langjährigen Freund -
Eugen Hauser -
konnten wir in Dankbarkeit gesund
wieder verabschieden.

Ihre BRANDMALE legte er in meine Hände und
erahnend spürte ich wie überlagerte Schichten
angesprochen wurden. Danke!
Sie haben es geschafft Ihre Sprachlosigkeit
zu überwinden - es gab ein Aufarbeiten von
einem erschüttert Erlebten.
Es gibt dieses Buch!

Sie sind in die Vergangenheits-
bewältigung - in das Jetzt zurückgeholt,
mit Ihrem unüberhörbaren Ruf, einge-
drungen. -
Mahnung und Hoffnung zugleich!

Begegnungen – Erinnerungen
würden beglückend
durch euren
„Freundschaftsbrief"
mit neuem
Leben erfüllt –
danke!

„Szeged – vor Jahren –
im dankbaren
Dasein.
Mit H. und einem
Skizzenblock
war ich in
ein Stück
Landschaft
hoffnungsvoll eingetaucht. –
Unerwartet vor meinem
suchenden Blick ein Knabenprofil –
ein heller Aufschrei: Pipacz – pipacz!
Mein sekundenschnelles
Erfassen als Linie ward möglich
bevor ein hügelabwärts Springender
im verheißungsvollen Grün des
Mohnfeldes dann verschwand ..."
Jede Chance vom Einfangen
kleiner Momente können
Erinnerungen bereichern und
weiterhin lebendig erhalten.

Im Oktober '06

Mein liebes Löwenkätzchen –
Du hast der „Löwen-Oma" mit deinen Worten: „Cool – grass" (kannte ich noch nicht) und auch noch „schön", eine große Freude gemacht!!!
Dank der schönen Mutti, dass wir es auf dem Computer ablesen konnten.

Opa hat sich ebenso gefreut, dass wir für dich noch schön sind. Da müssen wir uns viel Mühe geben, dass es noch lange so aussieht. OWEIA – viel Anstrengung!

DANKE–KÜSSCHEN – bis zu unserem baldigen Wiedersehen. Deine Omi - mit Grüßen auch von Opi

Im November '06

Von H. zu H. wurde, per Telefon, Freude ausgetauscht.
Mein treuer, kollegialer Freund, wir danken dir und deiner Erika, dass wir uns in diese Geburtstagsrunde einbezogen fühlen konnten. –
Begegnungen und Gespräche, auch mit dem Ehepaar Kreis, rundete für uns deine bedeutsame Feier - im guten Erinnern - ab.
Ja, lieber H., mit deinem spontanen – beglückenden Dankesruf, für unsere „Geburtstags-Idee" hast du bei meinem H. viel ausgelöst ...
Diese seine Stärke, Lebensstationen in Versrhythmen zu setzen, vermochte ich ihm wieder einmal abzukitzeln!
Wir glaubten noch hoffnungsvoll, dass es – zum Grafikmarkt – eine gemeinsame Begegnung geben könnte.
Eine für mich unerwartet starke Erkältung verhinderte somit auch unseren vorgesehenen Besuch bei Ch. S. – L. im Atelier. Die erschütternde Nachricht dann von ihrer Tochter, dass wir an diesem Tag sie nicht mehr angetroffen hätten.
Dieses Unfassbare für mich zu verarbeiten – zu begreifen geht nur, dass ich rede, rede mit ihr – mit mir – zu Freunden.
Ihr Lieben, wir sehen uns! Sind in Vorfreude auf den 10. 12. am Nachmittag (wie eure liebe Idee es uns rüberbrachte).
Nun kann ich nur hoffen, dass sich die unangemeldete „Hexe", die sich noch eingeschlichen hat, bis zu unserem „Aachen-Flug" am 1. 12. '06 verabschiedet
Es grüßen euch in Herzlichkeit – Rosi & Hans

im November '06

Von H. zu H. wurde,
per Telefon,
Freude ausgetauscht.

Mein treuer,
kollegialer Freund
wir danken dir
und deiner Erika,
dass wir uns in
diese Geburtstagsrunde
einbezogen fühlen konnten. –
Begegnungen und
Gespräche, auch mit dem
Ehepaar Kreis,
rundete für
uns deine
bedeutsame
Feier –
im guten
Erinnern –
ab.

Ja, du Lieber,
mit deinem
spontan-
beglückenden
Dankesruf,
für unsere "Geburtstags-Idee"
hast du bei meinem H. viel
ausgelöst...
Diese, seine Stärke Lebensstationen
in Versrhythmen zu setzen
Hans in Szeged
vermochte ich wieder einmal
ihm abzukitzeln!

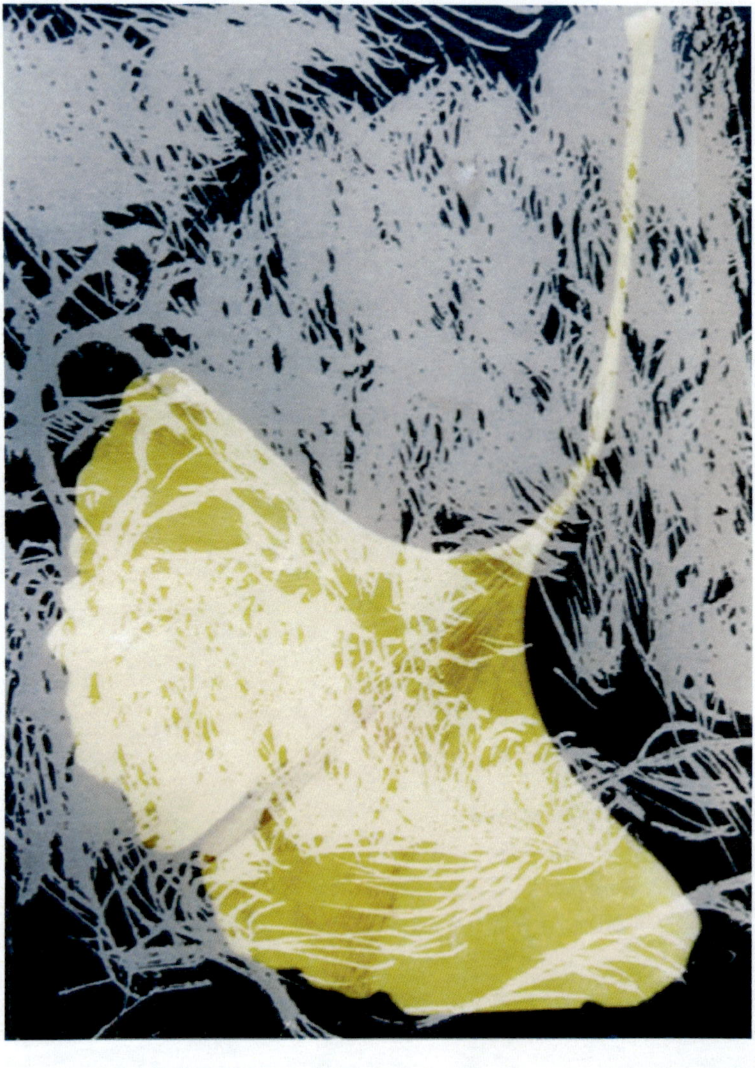

22. 11. '06

Eben haben sich, liebe Seelenverwandte, unsere gedanklichen Ströme im Stromnetz verfangen – haben scheinbar Klopfzeichen verursacht ...
Schön, dieses dein Eintauchen in Stadtgänge, angefüllt von hoffnungsvollen Unternehmungen. Dein Annehmen von Kunst- und Kulturangeboten, in die ich mich eingeschlossen fühlen konnte – danke!

Mit deiner unerwartet übergangslosen Frage: "Erfährst du eigentlich viel Streicheleinheiten?" hast du, liebe U. diese tiefe Schicht berührt, die mir die Frage immer öfter stellt ...
Gestern nun, wie ich dir erzählte, fand die schöne, runde Begegnung mit Hanna und Hildegard statt. Welche liebevollen Gaben du mir mitgeschickt hast – danke, danke, du Liebe.

Spüre nun am Montag mein Hindenken - meine Grüße, die deine neuen Arbeitsräume blumig schmücken sollen!
Dir, meine liebe, energiegeladene U., eine symbolische Streichelbewegung für ein weiteres Durchstehvermögen im „Rundum".

Mit lieben Gedanken – Rosi

23. 11. ´06

Fühlen Sie sich, verehrter Künstler O. St., mit Dank sehr gegrüßt.
Da gab es für den 20. 10. diese königlich-köstliche „Nackte Verführung" als Einladung von E. Lust – die Lust machte ...
Freude und Enttäuschung waren zwei Seiten einer Medaille, wir bekamen Besuch!
Da erreichte mich am 5. 11. nun Ihr Angebot für den Intensivkurs, auf den ich mich in ihrer Werkstatt und Galerie Bannewitz innerlich vorbereitet hatte ... Aus terminlichen und momentanen gesundheitlichen Gründen war mir eine Zusage für Ihr „Freitaler Angebot" nicht möglich.
Gedanklich begleite ich meine bewundernswerte Freundin U. F., die sich heut, am 23. 11. ´06, zu Ihnen in die „Sächsische Porzellan-Manufaktur Dresden" freudig auf den Weg machte. –
Diese wichtige Stätte auch, wo unsere vertraute Bildhauerin Charlotte Sommer-Landgraf in ihren späten Schaffensjahren noch eine für sie wichtige künstlerische Umsetzung erfahren durfte. Den hilfsbereiten, aufgeschlossenen Künstler O. St. hatte diese starke Persönlichkeit; die anspruchsvoll-streitbare, in unserem Gespräch mit Achtung gewürdigt. Freuen konnten wir uns mit ihr, dass es noch zu dieser Teilnahme der Ausstellung FESTTAFEL-KÜNSTLERINNENRUNDE kommen konnte. –
Für mich gibt es da ein gutes Erinnern an ein erstmaliges Eintauchen bei O. St., in die August-Bebel-Straße 2 mit einem Gefühl: „Da möchtest du in Verbindung bleiben."
Dann, bewundernd teilgenommen an Ihrer Lesung des „unvollendeten Buches", wurde für mich in dieser künstlerischen Vielfalt Ihr Anliegen erahnend erkennbar. Schön auch, dass Sie u. a. diesen Raum Künstlerkollegen vorbehalten hatten.
Bei meiner Erstbeteiligung zum Bannewitzer Kunstmarkt, mit meiner Freundin U. F. erhoffte ich erwartungsvoll eine Begegnung in Nähe wieder haben zu können.
Mein schwärmerischer „Werkstatt-Atelierbericht" ließ meine „Keramik ausstellende" Freundin interessiert in Ihre Richtung laufen. Kam formularschwingend und begeistert zurück. Ich, verunsichert, weil ohne plastische Vorkenntnisse, schrieb mich trotzdem zum „Mitmachen" ein ...
Erfreut war ich, als der Künstler kurz vor Schließung des Marktes, noch vorbeischaute und vor allem noch Fragen zum „Blau" der keramischen Arbeiten von U. F. stellte.

Ich hatte die Möglichkeit, Ihnen erstmalig mitzuteilen, dass ich beglückt im Besitz Ihrer kleinen „Hummelfee" sei ...

Sie formulierten: „Es werden sicher die letzten Ausführungen sein – zu zerbrechlich!!"

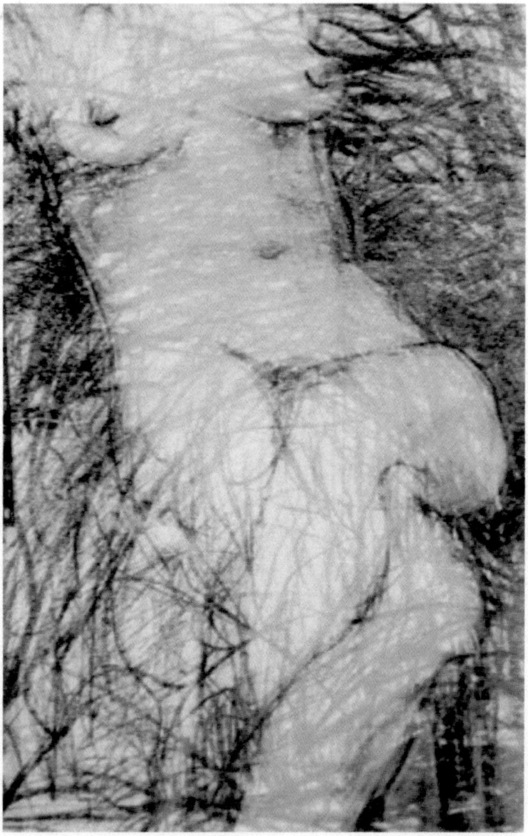

Lassen Sie sich, verehrter Künstler, in Herzlichkeit verabschieden mit der Drohung: „Ich komme weiterhin auf Sie zu!"

Ihre Rosemarie Raeuber

P. S.: Überraschend sprach mich Frau S. A. an, ob ich mich an den Tagen „Offenes Atelier" 07 beteiligen wolle. Mit meinem „Offenen Haus" würde ich mich, wenn ich Genaueres um die Bedingungen in Erfahrung gebracht habe, gern erstmalig beteiligen. Vielleicht gibt es dann einen Blickkontakt?

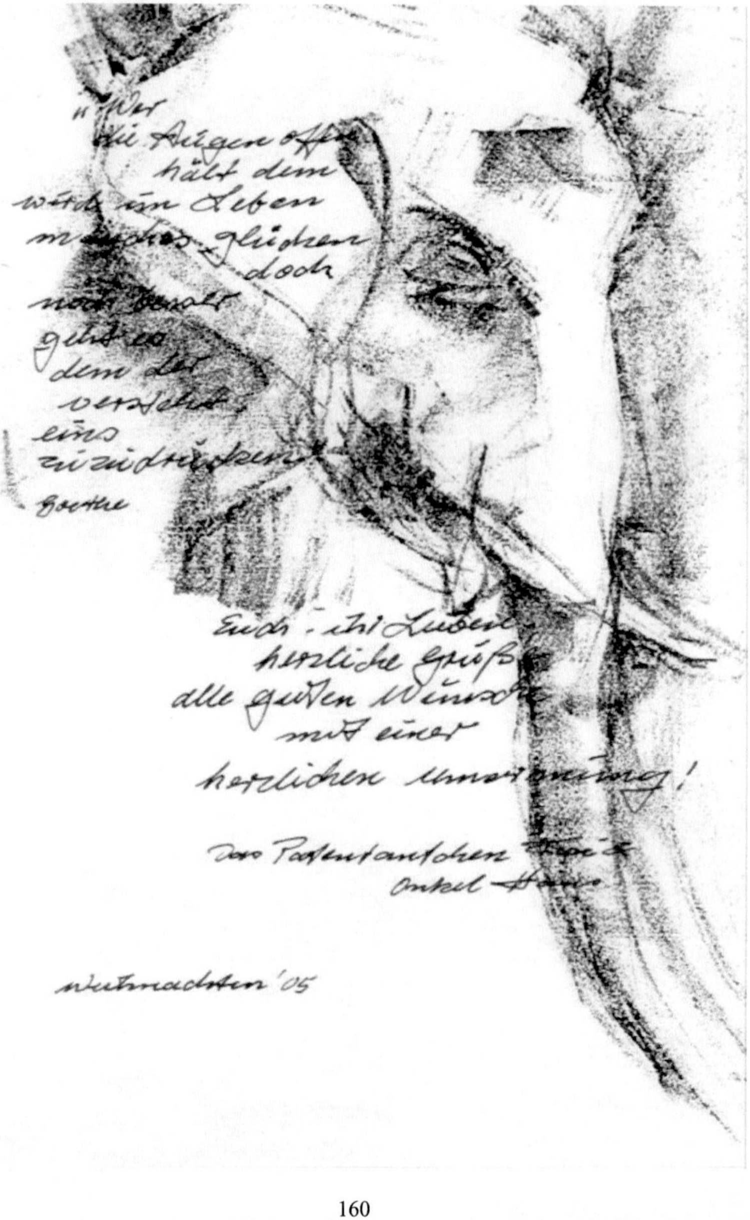
„Wer
die Augen offen
hält dem
wird im Leben
manches glücken
doch
noch besser
geht es
dem der
versteht
eins
zuzudrücken
Goethe
Euch - ihr Lieben
herzliche Grüße
alle guten Wünsche
mit einer
herzlichen Umarmung!
Das Patentantchen
Weihnachten '05

AUSZUG-LAUDATIO
AUSSTELLUNGSERÖFFNUNG
-1994-

DIE SONNE, sie ging nicht aus ihrem Herzen –
ALS BÄUERIN senkte Hildegard Weitzmann – IM GEBÜCKTSEIN –
mit vollen Händen ihre TRÄUME in den fruchtbaren braunen Acker.
Sie weiß um die ZEITEN –
und die NATURABLÄUFE
um die Kraft des versenkten SAMENKORNS.
Im Hoffen – im unermüdlichen TUN
pflügte sie geduldig ihr Stück warme ERDE,
im Aufbrechen der SCHOLLE
wurden Erinnerungsbilder wach –
wollten GEFORMT SEIN.
– Sah sie schon die KEIMLINGE?
Geboren aus SCHWERE und SCHLICHTHEIT
reicht uns HILDEGARD WEITZMANN
in dieser AUSSTELLUNG – ihre TRÄUME dar.
War es ihr Erlebnis DER TAU-MORGENGANG,
wo Tropfen im weichen Nebelgespinst zu Edelsteinen wurden,
die sie zur ersten sensiblen Applikation ermutigten?
Ist das SICHTBARMACHEN der SEELE
in ihren FIGURINEN möglich geworden,
weil KINDHEITSERINNERUNGEN –
ERLEBNISSE und WÜNSCHE
ihr FORMEN prägten?

Rosemarie Raeuber

„Porträt H."

1. Dezember '06

Mein Hans, ich stehe vor einem sicher einmalig erlebbaren Landschaftsbild. Sehe, auf unserer Walkingstrecke, dich in die noch beschattete Kurve einbiegen.
Bin in Dankbarkeit, dass mir dieser erste Versuch möglich wurde, jetzt und hier da zu sein. Die Stöcke mir eine Stütze – ein notwendiger Halt dem, wie gebrochen empfundenen KREUZ.
Vor mir vollziehen sich wechselvolle Naturschauspiele ... Sie werden dir im Schnelllauf auch nicht ganz entgehen – das weiß ich!
Dieses „Schwarz-Braun", feucht glänzend in Nähe – sich im schwingenden Fallen und Steigen dem Weiß der hohen, schlanken Birken nähernd, lässt meinen Blick verharren. –
Verbindendes sucht grafisches Geäst im bergseeähnlichen Tal, zum flirrenden Weiß! Ein Entwachsen der ruhenden Fläche, in Höhe, mein Poisenwald. In meinem Dasein, jetzt, der unglaubliche Augenblick, wo sich Wipfel in leuchtendes Kupfer tauchen, auch sich im Grund dem Lichten wieder nähern möchten. - Diese leise Bewegung, im Senken einem zarten Tuch gleichend, lässt, wie aus Tiefen, schemenhaft Inseln im warmen Grau sich erheben und wieder versinken. Mit diesem Sonneneinfall, lieber Hans, mit deinem Wissen um die momentane Uhrzeit, denkst du sicher auch an den Start des „Silbervogels", vom Dresdener Flughafen, Richtung Köln – ohne uns!!
Ein Zwitscherndes-flatterndes heftet sich ins entblätterte Geäst, erwärmt am Spätherbstmorgen mein Sein ...
Zum Horizont öffnet sich nun meinem Blick der vertraute Weg nach Börnchen.
Da gab es diesen Gang, vor Jahrzehnten, bei klirrenden Minusgraden, mit G. K.! War es ein schicksalsweisender Gang? .... Erinnerung!
„Gegen den warmen Atem einer gemeinsamen Zuversicht und Erwartung biss sich erbarmungslos der Frost. Alles Leben schien erstarrt in dieser kristallischen Schönheit."
Er verwahrte in der Manteltasche einen bedeutsamen Brief – einen Hoffnungsträger! Erster öffentlicher großer Auftritt, gemeinsam mit schon „gestandenen Schriftstellern" in Dresden in der Zeit des hoffnungsvollen Aufbruchs – der Klärung in der DDR-KULTURGESCHICHTE. Künstler hatten Rede- und Gestaltungsfreiheit, wurden präsentiert – veröffentlicht – in Büchern erfasst – bis eine schlagartige Erstarrung unerwartet erfolgte. Für sich hatte G. K. den Aufbruch ernst genommen, nicht kämpferisch-gläubig.

Sein Bitten um Aufnahme – um Unterstützung, an den Schriftstellerverband, fanden kein Gehör. Er entschied sich zum Abbruch – kündigte seiner Arbeitsstelle und machte sich frei ...
Ein Buch sollte, als Beweis seines Willens, geschrieben werden. Wenn er von seiner Bestimmung zum künstlerischen Schaffen, beseelt und überzeugt war, wusste er auch um mein „Mittragen". ...

Hallo, lieber Walkingläufer, erste Runde bewältigt? Bis bald!

Für eine AWG-Wohnung in Dresden erfolgten gemeinsame Aufbau-Stunden, an Wochenenden. 1964 wurde unsere Tochter S., in dem neuen Zuhause, geboren.
Es gab ein Bemühen von G. K. um Aufträge für Kulturbeiträge. Nach ersten Veröffentlichungen, mit positiven Reaktionen, kamen alle weiteren schriftlichen Einreichungen ohne Begründung zurück. Er war draußen! Erfolglos blieb auch mein Ringen um einen Krippenplatz. Später erreichte uns ein gut gemeinter Hinweis, unter vorgehaltener Hand: „Das Einbringen wieder, in irgendeine Tätigkeit, ist notwendig!" Diese Entscheidung für ein freies Schaffen, von diesem zurückhaltenden Lyriker, wurde nicht einfach hingenommen – es wurden Zeichen gesetzt!
Es musste das Buch geschrieben werden ...
Nun diese unmittelbare Nähe – das Dasein einer Familie ... Für einen Schaffensprozess ein unlösbares Problem. Mutter und Kleinstkind zogen Runden – immer öfter für Stunden. Die „Mutter-Kind-Zeit" war abgelaufen – die Frage meiner Arbeitsstätte : „Sie kommen doch wieder?"
Zunehmende Isolation nach innen bei G. K., meine äußere Haltung vor Eltern, Freunden, nahen Nachbarn signalisierte weiterhin: „Hoffnung, Zuversicht im Verzicht!" Durchhalten ...
Nächte in zerrütteter Hilflosigkeit – Tage in Ängsten, im Wissen um die Klingelzeichen, als Mahnung für noch nicht beglichene Monats-Abrechnung.
Dann stand überraschend ein leitender Kollege meiner Firma vor der Tür. Wortlos – lächelnd übergab er mir Gestaltungsmaterial: Arbeit! Es hilft? „Nach Fertigstellung wird es natürlich abgeholt und Ersatz mitgebracht." So seine verabschiedenden Worte. Tränen konnten wieder fließen – Krampf löste sich – wie lange war das her, dass Tränen wieder fließen konnten?
Nun die Nächte angefüllt mit hoffnungsvollen, kleinen Aufträgen, auch durch die hilfreiche Vermittlung eines Freundes R. B. an eine Privatfirma.

Exportausführung in guter kunsthandwerklicher Arbeit – für den Westen – war gefragt! Da gab es daneben auch möglicherweise unüberlegte Erniedrigungen, die ich als verletzten Stolz empfinden musste.
Die dunklen Augenringe – die schwankenden Schritte – die körperlich-infektiösen Reaktionen bei den geringsten Verletzungen entging meinem Nächsten nicht mehr ..."
Mein lieber Hans, mit der zweiten Runde hast du mich erreicht, ich bin aber mit meiner Klärungssuche gedanklich beim ausgelösten Moment, noch nicht angekommen ...
Du erinnerst dich, kürzlich an diesem ungewöhnlichen Abend, wo ich überraschend den Wunsch äußerte: „Ich möchte mir, seit Langem, wieder einmal einen Film ansehen." Suche ergab: es lohnt sich „Bella Block - „MORD UNTERM KREUZ". Dieser Streifen, im Jetzt und Heute, scheinbar einer anderen Zeit und Situation angehörend, erschütterte mich in Tiefen. Der Angriff, mit Mut, gegen die katholische Kirche – gegen die Handlungsweise, dass es zu traumatisierten Kindern mit Spätfolgen kommen konnte, lähmte mich ...
Bruchstückhaft mein leiser Versuch, mich dir zu diesem Thema zu öffnen, ergänztest du mit deinem beklemmenden Satz: „Da gingen auch meine Gedanken zu S.". Du musstest plötzlich aufstehen und gehen – und es blieb wieder bei einem „abgebrochenen Gespräch".
Bei einem morgendlichen Klingeln stand wieder mein Kollege vor der Tür, mit leeren Händen. Diese Form der Überbringungen von Arbeit sei nicht mehr für ihn zu verantworten. Er tut mir leid! Er habe auch vieles versucht, dass es zu einer Unterbringung meines Kindes kommen könnte. Ergebnislos!
Da gab es aber ein Angebot vom kirchlichen Kinderheim in Goppeln – ob ich mir dies vorstellen könnte? Mein Gang dorthin – meine Befragung, ob dies auch für einen kurzen Zeitraum möglich sei, wurde freundlich bejaht. Wir haben uns zu dieser schweren Entscheidung durchgerungen, mit der Bitte an die Leitung, ein Zeichen zu geben, wenn es zu keinem guten Annehmen von unserer Tochter kommen kann. Für einen solchen Fall hatte ich mit dem Betrieb vereinbart, sofort die Arbeit abbrechen zu können. –
Bei unserer Verabschiedung macht es mir mein Kind mit ihren temperamentvoll-willensstarken Gesten nicht zu schwer. Ich versuchte ihr nochmals zu sagen, dass Mutti nur kurze Zeit arbeiten geht und bei Oma und Opa wohnen wird. Zu trösten versuchte ich mich auch im Wissen um Bekannte, die ebenfalls dem Balanceakt ausgesetzt waren, ihr Kind in Wochenkrippen unterbringen zu müssen.

„Tochter G."
Erste Ausstellungsbeteiligung Lithokreide
-1967-

Meine Rufe – das Verlangen, mein Kind sehen zu können, wurde vom Heim verweigert mit den Worten: „Ist Ihnen nicht gesagt worden, dass eine Begegnung nicht vorgesehen ist, damit es dann keine Probleme gibt, und Ihrem Kind geht es gut!"
Mit einem Gefühl der größten Panik ging ich dem Tag, mein Kind wieder zu sehen – es in die Arme nehmen zu können, entgegen. Ein Warten im leeren Empfangsraum – bedrängende Stille ... Ein Öffnen der Tür – ein Wagen wurde geschoben – ein wortloses Überreichen eines „willenlos-ergebenen Wesens", das mein Kind sein sollte. Eine erschreckende Empfindung spürte ich in mir aufsteigen, die einer ohnmachtsnahen Verzweiflungstat fähig wäre ...
Mein fluchtartiges Wegstürzen dann auf die noch vor uns liegende Wegstrecke ins Tolkewitzer Zuhause. Meine versuchten, leisen Gesten – meine unhörbaren Worte: „Wir haben uns wieder – wir schaffen es miteinander – wir glauben, wir glauben an uns." wurde mit einem unverwandt auf mich gerichteten Blick tonlos erwidert.
„Warum – wofür?" waren meine einzig hilflosen Worte im Ankommen bei ihrem Vater ... und er gab auf!
Mit harten, vibrierenden Schlägen, mit Arbeit in einem Steinbruch versuchte er, vielleicht sein sensibilisiertes Wollen zu vernichten. Wir blieben fünf Jahre noch, im Ringen ...
Für mich dann eine Möglichkeit zum zaghaften Aufbruch war das Angebot, einen Zeichenzirkel besuchen zu können. Erstes bildnerisches Erfassen von Tochter S., vertreten auch in einer ersten Ausstellung mit der Arbeitsgruppe. Dort begegnete mir der Leiter G. S., als eine Person, die mir nochmals vor Augen führte, wie unser Schicksal mit dem System der damaligen Zeit verstrickt war. Er wusste – er war am Schnittpunkt im Rathaus! Er war es auch, der dem „Suchenden" eine Halbtagsbeschäftigung in der Abteilung Kultur ermöglichte. Zu einem späteren Zeitpunkt wurde mir auch eine artverwandte Tätigkeit zu meinem Beruf sowie ein Kindergartenplatz angeboten. –
In mir reifte jetzt der Wunsch für einen unabhängigen Neubeginn mit meiner Tochter. Es war die Zeit, wo – ohne die eingehaltene Versöhnungsphase - nicht geschieden werden durfte.
Für unsere „alt-erfahrene" Richterin wurden wir zu einem großen Problem. Mit meiner Vorstellung, dass es eine Form der sauberen (ohne Schuldzusprache auskommenden) Trennung geben könnte, wollte sie nicht akzeptieren mit den Worten: „Mein Gott, verstehen Sie nicht – ohne handfeste Gründe kann ich nichts machen."

Das Urteil wurde gesprochen, nachdem sich G. K. dem knallharten Verhör der Richterin stellen musste."

Später dann, mein lieber Mann, kreuzten sich unsere Wege auf unterschiedlichen Ebenen, eben auch als freundlicher Nachbar, erst jetzt im bewussten Wahrnehmen. Meine S. war es vielleicht auch, mit einer ihrer berührenden Gesten, als du sie einmal mit aus dem Rathaus-Kindergarten abgeholt hattest ... Im Gehen nahm sie unerwartet unsere Hände und legte sie ineinander! Im familiären Miteinander dann empfanden wir, dass es für uns schwer nachvollziehbare, abrupte Reaktionen gab. In einer spielerisch-friedlichen Situation, ohne erkennbaren Anlass, nahm sie sich raus, blieb zurück, versteckte sich – spielte ihr eigenes Spiel. Suchte sie eine Antwort für Unerklärliches in ihr – wollte sie sich unserer Zuwendung immer neu versichern? Es gibt so viel „Warum?" Lasse uns auch weiterhin auf Suche sein, um Antworten auf Fragen finden zu können.

Hallo, da bist du schon wieder – schön, dass wir das letzte Stück Weg in Gemeinsamkeit – im Langsamgang heut gehen können.
Ich grüße dich – danke dir fürs Zuhören – dein Weib!

Mit dem Gedicht
„ZURUF"
von Manfred Streubel
mein Hindenken …

zum 7. Dezember 2006

Liebe B., ich muss mit Ihnen nochmals reden ...
In meinen Händen diese unfassbaren Zeilen von Ihrem treuen Freund H., der sich in unseren Begegnungen – in Gesprächen immer eingebunden fühlen konnte.
Mit mir auf Reisen jetzt, vieles VERBINDENDES: „Russland- und Israelberichte", das Büchlein TAUMELTAU von ELAZAR BENYOËTZ - zu seinen APHORISMEN Ihre Anmerkungen!
In mir ERINNERUNGEN – GEDANKEN – WÜNSCHE an nicht ausgelebte GEMEINSAMKEITEN.
Bleibe in Dankbarkeit, dass es für uns gemeinsam Menschen geben konnte, die durch ihr künstlerisches Schaffen – ihre Poesie – ein Band um unsere Empfindungen knüpften. –
Durch Sie, liebes Weib, wurde es mir auch ermöglicht – mit einem Blumenstrauß bewaffnet – in Ihrem Namen der Schriftstellerin Marianne Bruns zu begegnen. Sie Liebe, mit wie vielen Hemmungen ich in diese Welt stolperte!
Angenommen dann von dieser stolzen Persönlichkeit, wurde mir ein Wiederkommen erlaubt. Bei einer unserer Begegnungen – bei meiner Geschenkübergabe, als ich eines ihrer Gedichte mit einer eigenen Grafik verband, formulierte sie entschieden: „Dieses Gedicht ist nicht von meiner Hand!" Doch ihre Zeilen erreichten mich noch als eine Bestätigung, dass dieses Gedicht AN EINE LIEBENDE für Sie, liebes B.-Weib, und Manfred Streubel persönlich bestimmt war und deshalb in keinem Bändchen vorzufinden ist. –

AN EINE LIEBENDE
DER STÜRMT SO HOCH, DER STÜRZT SO TIEF –
DIE MIT IHM GEHT, DIE NEHME SICH IN ACHT!
NEIN! FALSCH!
DIE SEI NIE AUF SICH SELBST BEDACHT!
NICHT AUF DER HUT!
DIE SEI SCHON NEBEN IHM, BEVOR ER RIEF!
REIF MUSS SIE SEIN! UND EINFACH GUT.

„Denken Sie daran", sagte M. B. bei unserer letzten Begegnung, „wenn ich fühle, dass es morgens kein neues Gedicht geben wird – ich nicht mehr schreiben kann - dann werde ich gehen!" In der Nacht zum neuen Jahr '94 hat sie sich verabschiedet.

Wie Sie, liebe B., später auch gerungen haben um die Rettung der Buchauflage NAHE FERNE, die nach der Wende (aus Platzgründen?) aus den ostdeutschen Buchhandlungen ausgegliedert wurde.
„Einladung zu M. B.", im Privatdruck erschienen, waren in der Tolkewitzer Feierhalle am 10. Januar „als Stapel" zum Mitnehmen für die Teilnehmenden dargeboten. Beklommen griff ich nach einem Band für Sie, liebes Weib!
Spuren überall, die zu Ihnen führen, die von Ihrem verantwortungsvoll-sensiblen Wirken sprechen.
Wir, in Gemeinsamkeit, suchten auch in Erschütterung Spuren, die uns zu der letzten Ruhestätte von Manfred Streubel hinführen sollten. Spuren auch in mir, wenn Formuliertes von Ihnen wieder abrufbar wird.
„Raeuberin", so Ihre energische Stimme, „Reden Sie nicht laut von einem Gewitter! Sie AUCH-HEXE, sonst ...!" Und der darauf folgende unerwartete Donnerschlag brachte mir strafende Blicke und den Abbruch unserer Wanderung in der Sächsischen Schweiz ein ...
Gespräche über ostdeutsche Befindlichkeiten beendeten Sie, liebe B., abrupt mit dem Satz: „Ihr müsst doch nicht glauben, dass nur ihr die Solidarität gelebt habt."
Wie Sie mit Zuwendung, mit Hingabe auch den Leuten auf der Straße begegneten – eine gemeinsame Sprache fanden, wird mir auch bewusst, dass es nun an vielen Orten ein hoffnungsloses Warten auf Sie geben muss ...
Auch wir, mein Mann und Ihre Raeuberin, waren im Erwarten, dass es wieder zu einer „Dresden-Begegnung" zusammen mit Ihrem Freund H. kommen könnte. Auf den Wilischblick 36 A wollten wir Sie diesmal entführen ...
Ihre Raeuberin

Lieber H. M., verehrte Schwester,
symbolisch werden wir uns nun in den Kreis der Vertrauten in Hamburg, die sich im Gespräch mit H. B. nochmals finden, still einreihen.
Fühlen Sie sich in Gemeinsamkeit, auch im Namen meines Mannes, herzlich gegrüßt. In Trauer meine Handreichung – mein Hindenken.

NUR WENDE WOHL,
DOCH ENDE,
ABSCHIED NICHT.
WIR KEHREN INEINANDER EIN
UND GEHEN WIEDER
IN NAMEN EIN UND AUS.
ERAHNT SCHON SELBST –
UND BLEIBEN FORT,
DAS HIER UND EINST BEWAHREND:
GESICHT UND WORT,
EIN HAUCH DES LIEDS DER LIEDER.

E. Benyoëtz

... zu Weihnachten '06

Dir, meine liebe U.,
im dankbaren Erinnern unseres gestrigen „Birkenweg-Erlebnisses" meine heutigen Empfindungen für dich reflektiert:

„Buschformationen leben vom Licht – vom Schatten!
Erscheinen als gesättigte Schwere der Nacht – als aquarellierte Leichtigkeit im Erwachen. Wie im Frühlingsempfinden, hatten „Entgegenkommende", die sonst nur im Blickkontakt wahrgenommenen, eine belebende Sprache.
Langsam noch, liebe Freundin, lief geduldig mit mir mein Schatten, um sich bewegungslos – abwartend dann, in die rhythmisch-schwingende Weite zu legen.

Angekommen an unserem Aussichtspunkt, der nachmittäglichen Bildbetrachtung! Weiche Wölbungen, erdfarben – weiblichen Formen gleichend – lagern sich verschmelzend im dunklen Zentrum noch ...
Ein Aufsteigendes, ein Schattengewächs, das aus dem Schoß der noch nicht erwachten Senke dem Lichtbereich entgegenwächst!"

Den letzten Brief nun, möchte ich dir – als meine Vertraute –
mit lieben Festtags- und Neujahrsgrüßen in deine Hände legen.
Im dankbaren Hindenken – deine Freundin Rosi

zum 23. 3.´07

Liebes S.-Weib,

ja ich war abgetaucht! Eingetaucht in eine unerforschte Beziehungsebene. Am Anfang des Jahres haben Sie mit Ihrer vielversprechenden Kostbarkeit in Briefform dazu beigetragen.
Danke, Sie Liebe! Da gab es für mich dieses bildhafte Angebot, von einem sicheren warmen „Braun" in ein klares Zentrum – ins „Blau" – zu springen ... und ich sprang!
Mein Schwimmen bis jetzt ...

Nun im Auftauchen, liebe Malerin, zu Ihrem Wiegenfeste meinen symbolischen Händedruck. Mögen weiterhin in Ihr schöpferisches Dasein Freude, Intensität und vor allem Gesundheit fließen.
Von Herzen diesen meinen Wunsch!
Erstmalig schriftlich, liebes Weib, beziehe ich Sie nun als Mitwisserin in mein momentanes Vorhaben ein. – Ich versuche, mir aus verschiedenen Zeitebenen – mit vorhandenen „Brieftagebuch-Blättern" - Klarheit auch über mein weiteres Anliegen und Wollen zu verschaffen. Versuche, aus tiefen und flachen Gewässern Reflexionen zuheben. Vertrauensvoll – in Offenheit – mein Bändchen dann an Ihrer Böschung im hoffnungsvollen „Grün" lagernd ...

Nach einer sooo langen Pause - trotzdem meine dicke Umarmung!
Im lieben Hindenken – Ihre Raeuberin

3. 5. ´07

„Goldene Höhe"
– im Absinken des sonnigen Tages …

Für mich kaum fassbar, Ihr Lieben, ein überwachsenes Jahr in seinem abgeschlossenen Lauf liegt vor meinem Sein – sich ausbreitend – rüttelnd!
Aber es ruft noch „etwas" nach der versprochenen Erdverwurzelung – nach seiner Bestimmung – welch ein Glück!!
Es freut mich zutiefst, es wird zu einer Wiederbegegnung mit uns kommen.
Ein Vergessen von unserem emotionalen Abtasten mit all den vielschichtigen Anliegen konnte es nicht geben.
Greife auch, lieber P., wiederholt zu deinem Werk – bin im Zwiegespräch weiterhin mit deinen bildgewordenen Worten.
Du hast keine Chance, Recht zu behalten mit deiner Aussage vor Zeiten: „Ein Bildwerk ist länger ansehbar, als ein schon gelesenes Buch es vermag."
Im guten, dankbaren Hindenken bin ich bei euch …
Mit lieben Grüßen

Rosemarie und Hans-Jörg

Gute Wünsche, liebe H., für dein neues Lebensjahr – für weiterhin frohe und gesunde Zeiten!

im Mai ´07

Meine ferne H., du wirst mit dir – mit deinen Lieben im Neubeginn feiern.
Meine innigen Wünsche sollen dir nahe sein – mögen sich auf deinem weiteren Lebensweg erfüllen!
Unsere Gläser werden klingen und du solltest ihre Schwingungen spüren.
Im Hindenken alles Liebe!
Deine Rosi

P. S. Es gab eine gute Künstlerbegegnung zum Thema „Illustrierte Lesung – Chinaerlebnisse" von A. und O. St. mit einem persönlich-künstlerischen Anspruch.
Erschütternd für mich, wie jahrtausendaltes Wissen und Werte, auch im AND DER AUFGEHENDEN SONNE, nicht mehr gelebt werden können.

im Mai/07

Meine ferne H. du wirst mit dir - mit deinen Lieben einen Neubeginn feiern...

Meine innigen Wünsche sollen dir nahe sein - mögen sich auf deinem weiteren Lebensweg erfüllen!

Unsere Gläser werden klingen und du solltest ihre Schwingungen spüren.

Im Rundum alles Liebe.

Deine Fosi

P.S. Es gab eine gute Künstlerbegegnung zum Thema: "Illustrierte Lesung - Chinaerlebnisse"

6. 5. ´07

Gestern, meine liebe L. warst du wieder einmal in deinem „Auch-Zuhause", wie du früher manchmal sagtest.
Wie hast du deine Großeltern ins Staunen versetzt mit deinen erneuten Überraschungen. Eigenhändig auf dem Computer abgeschriebene Geschichten ...
Nein! Das war noch nicht alles! Ergänzende Worte, die nicht vorhandene Bilder vorstellbar werden ließen, hast du dir erdacht. Eine zum Buchinhalt passende Schrifttype suchtest du und hast damit dein Geschriebenes zum kleinen Kunstwerk gemacht. Wir sind mit dir und deinen Eltern sehr stolz!
Muss nun die Löwen-Omi etwa unruhig werden? Die kleine Löwin hat schon eine Mappe vorzuweisen und bei Omi ist ein Brieftagebuch-Versuch in Vorbereitung.
Da ich aber keine Computer-Heldin bin, kann ich dankbar sein, dass der Opa und meine Freundin U. mich so toll unterstützen, dass es zu diesem Büchlein noch kommen kann. Dann weiß Omi auch, dass du es – mein Herz – auch wirklich lesen kannst. Meine handgeschriebenen Briefe machen dir ja so viel Probleme – stimmt's? Sehr hoffe ich, dass der verlorengegangene Brief an dich noch gefunden und dir dann vorgelesen wird.
Schön auch, wie du uns die Tage bis zu deinem achten Geburtstag vorgerechnet hast. Die Zeit in Tag und Nacht aufteiltest, die du mit Vati allein verleben wirst. Mutti auf Sizilien – aber nicht lange, das ist unser aller Trost! Hatte sie sich auch über dein Abschiedskunstwerk gefreut?
Noch etwas muss ich dir zum gestrigen Tag sagen: „Unser gemeinsames, kindliches Quartettspiel hatte mal ein unschönes „Zwischenspiel" – leider. Omi spürte, wie du mit unserem „Ausrasten" Probleme bekamst. Für mich dann berührend dein Händereichen zu mir mit den Worten: „Omi, wir nehmen dich doch, so wie du bist." Bloß trösten wollte sich die Verliererin, indem sie euch (im Spaß) beschuldigte, dass geschummelt wurde. Ich hatte doch gesehen, wie jeder seine Karten gut gesichert gegen Blicke schützte ...
Da wir gerade beim Spaß sind, muss ich dir noch eine lustig-traurige Begebenheit berichten, die Omi passiert ist. Wir haben viel Besuch von Lieben, Nahen. Dieses eine Mal aber waren es für uns keine Bekannten. Von meiner letzten Ausstellung wollte sich das Ehepaar nur ein ausgewähltes Bild abholen. Es klingelte, Opa lief, um die Haustür zu öffnen, Omi aber öffnete gleichzeitig die Stubentür ... was passierte?

Der starke „Wilischblickwind" trieb die Gäste fast in die Wohnung! Mit einer spaßigen Bemerkung: "Es zogte!" schloss ich schnell die Tür hinter dem Besuch. Nicht gerade freundlich schaute die Dame drein ... Später erst machte Opi mich darauf aufmerksam, dass sie leise für sich gezischelt hätte: „Dieses Wort gibt es nicht!"
Kannst du dir vorstellen, liebe Laura, was diese Frau ernsthaft gedacht haben muss?
Tröstlich trotzdem, dass bei diesem Ehepaar nun zwei Arbeiten von dieser naiv-ungeschicktenGastgeberin hängen und sie damit hoffentlich im Einvernehmen leben können. Was bleibt, ist, dass Omi im Erinnern – im Schmunzeln – nun öfter diese Bemerkung wiederholt mit der Antwort auch: „Dieses Wort gibt es nicht"! Werde auch lernen müssen, wie deine Mutti immer sagt: „Spaß – Doppelpunkt!"
Diesen letzten und langen Brief an dich, mein Herz, wird nun der „Computer-Opi" gleich an Zuhause senden.
Freuen würde sich die Omi sehr, wenn sie auch eine fröhliche Antwort auf ihre Fragen bekäme. Sehr hoffe ich, dir und Papa geht es gut. Habt ihr auch eine so schöne Einladung zu Fränzis 18. Geburtstag bekommen? Hatte Mutti sie noch sehen können?
Sicher seid ihr auch glücklich, dass es zu dieser gemeinsam ersehnten Begegnung in Kamenz kommen kann.

Meine tolle Umarmung für dich, für Papa und auch Mama bei ihrem freudigen Einfliegen am Mittwoch ...

Omi und Opi – Küsschen
im lieben Hindenken

Dieses Bändchen – als
„Brief-Tagebuch" –
hätte ohne dein freudiges
Mittun,
meine liebe Freundin Ursula,
nicht entstehen können.
Lasse dir
innigst Dank sagen.

Im guten
Erinnern –
– in Dankbarkeit
Rosi

Oktober '07

Als geborene Jeltsch bin ich in Beuthen bei Glogau 1938 zur Welt gekommen,

1946 wurde Börnchen/Possendorf nach der Umsiedlung neue Heimstatt. Drei Lehrjahre und die Tätigkeit als Gebrauchswerberin waren in der Stadt – im Kreis – Dippoldiswalde angesiedelt

1964 Umzug nach Dresden, Geburt der 1. Tochter
Den weiteren Werdegang bestimmten Stationen im Dresdner Rathaus, in der Stadt-Information, in der Stadt-Filmstelle Dresden als Werbemalerin – Grafikerin
Teilnahme an Lehrgängen für Kultur, am Mal- und Zeichenzirkel Kulturpalast Dresden

1974 Aufnahme in ein dreijähriges Abendstudium an der Hochschule für Bildende Kunst Dresden / Pädagogikabschluss

1976 Geburt der 2. Tochter

1984 Übernahme einer sechsjährigen Lehrtätigkeit im Volkskunstschaffen
Entwachsen daraus ein eigenständiges Behaupten von Mitgliedern des Zirkels

1989 Zusammenschluss zu einem künstlerischen Freundeskreis

1990 Entscheidung zur Freiberuflichkeit

1994 Umzug- für acht Jahre – nach Herzogenrath bei Aachen, da mein Mann beruflich seit 1992 dort gebunden war
Anschluss an eine Künstlergruppe in der EUREGIO

1999 Gründungsmitglied einer Arbeitsgemeinschaft von Künstlerinnen

seit 2002 lebe und arbeite ich wieder in meinem alten Umfeld -Hänichen bei Dresden

2003 Eintragung als Mitglied im Neuen Sächsischen Kunstverein Dresden

Grafische Arbeiten befinden sich in Privatbesitz und öffentlichen Einrichtungen, z. B. Neue und Alte Bundesländer/Ungarn/Schweiz/Finnland/Portugal/Mongolei/Kirgisische Botschaft bei der EU in Brüssel